上海诗词

上海诗词系列丛书

二〇一九年第二卷·总第二十卷

上海市作家协会／主管　上海诗词学会／编

《上海诗词》编委会

名誉主编

褚水敖

主　编

胡晓军

副主编

孙　玮　邓婉莹

编辑部主任

邓婉莹（兼）

编　委

（按姓氏笔画为序）

方立平　邓婉莹　刘鲁宁　孙　玮
李建新　杨绣丽　汪涌豪　张青云
胡建君　胡晓军　钟　菡　祝鸣华
姚国仪　徐非文

诗国华章

庆祝中华人民共和国成立七十周年
"普天同庆，中国梦圆"藏头诗

中华人民共和国诞辰七十周年礼赞

目录

奇石咏志

庆祝新中国成立七十周年沪太（中华）奇石诗词大赛

沪渎行吟

唐镇掠影

嘐城古韵

海上诗潮

目录

目录

诗苑纳新

云间遗音

九州吟草

观鱼解牛

目

录

诗国华章

庆祝中华人民共和国成立七十周年
"普天同庆，中国梦圆"藏头诗

● 周道南

新中国成立七十周年

一

普祝新华七十秋，天公号令看神州。
同心海峡原连理，庆喜城乡遍彩楼。
中外齐声夸特色，国家前进永无休。
梦非虚幻皆真事，圆月当头焕当年。

二

普教培成学子贤，天高九月菊花妍。
同心合力十四亿，庆寿兴邦稀岁年。
中正严明除黑恶，国强富裕喜空前。
梦醒窗内看月色，圆亮人间乐事联。

三

普歌华夏七旬秋，天也放晴无唤鸠。
同日示威新武备，庆云高盖几扬舟。
中方自力更生惯，国步从来靠己谋。
梦里笑醒常有事，圆通世界是神州。

四

普世文章捷报多，天街响应亮星河。
同胞争握生花笔，庆寿遍闻嘹亮歌。
中夜月明辉世界，国家日丽得人和。
梦游常被乐惊醒，圆满万家喜尽罗。

五

普悬红织遍中华，天亦有情铺彩霞。
同日游行新器械，庆欢演说语奇葩。
中枢出席全人杰，国运昌隆一致夸。
梦里也曾齐步舞，圆辉明月未西斜。

六

普照艳阳看九州，天人共祝七旬秋。
同声唱彻新时曲，庆福联欢列队游。
中夏几多贤领袖，国钧端赖众朋俦。
梦观北斗群星拱，圆月玲珑满眼收。

● **裘新民**

普天同庆

普咚咚鼓动神州，天佑中华七十秋。
同济吾侪多勉励，庆功时节尽回眸。

中国梦圆

中土河山万里红，国旗猎猎满苍穹。
梦牵魂绕今朝看，圆满人间唱大风。

普天同庆中国梦圆

普加膏泽满，天景九州新。
同捷征程路，庆云弥代春。
中原今古事，国是万千民。
梦里穿边月，圆圆又一轮。

● 莫　臻

明　珠

普照东方明紫珠，天行海上玉兰舒。
同开大道龙华柏，庆涌潮头踏石玗。

● 黄　旭

航天梦

中天巡北斗，国际导航音。
梦就探空宇，圆吾家国心。

● 邱红妹

纪念建国七十周年

中夏石榴红似火，国旗猎猎胜红娇。
梦龙欲揽空中月，圆满风流第一潮。

● 吴明琪

写在共和国建国七十周年之际

普惠亲邦义铸金，天还正道复登临。
同播大吕霓裳舞，庆击黄钟礼赞音。
中兴新纲凭勠力，国威亮剑赖同心。
梦成伟业煌煌日，圆笔如椽写到今。

● 宦振宏

中国梦圆（新韵）

中土曾经百代垂，国家兴废几多回。
梦难预料七十载，圆梦强国不可摧。

● 姚金龙

梦圆中国

普洱茶源边贸忙，天津自动码头创。
同心协济新时代，庆悦民殷国富强。

● 卞爱生

己亥国庆

一

普贺新生七秩开，天承伟业继时来。
同人有幸逢华盛，庆事何疑揽凤才。
中土腾飞缘自警，国风至化凭君栽。
梦成几代真能慰，圆我家邦一举杯。

二

普将时雨发，天意润中华。
同领风骚事，庆笺裁若霞。

三

中兴在今日，国祚正绵昌。
梦旅行将的，圆来是汉唐。

● 张志坚

国庆七十周年诗二首（折腰体）

一

普歌曲曲祝芳辰，天地和谐七十春。
同在红旗五星下，庆余身是太平人。

二

中华崛起自豪生，国梦当前作一鸣。
梦如理想非空想，圆梦还须负梦行。

● 赵　靓

中国梦圆

中秋气爽亲人聚，国庆将临献百花。
梦想成真心畅快，圆圆明月照天涯。

● 张涛涛

老翁心愿

普施澍雨惠丰收，天不违时应我求。
同乐云间虹七彩，庆期陌上绿千畴。
中洲归去渔舟稳，国事谈来底气遒。
梦里鼾声匀似曲，圆圆月亮在枝头。

中华人民共和国诞辰七十周年礼赞

● 冯 如

观天安门升旗仪式

主人盛意邀观礼，平旦西郊入帝京。
满地灯阑云色动，八方人涌蚁山成。
遥闻军乐逆风拂，争望红旗破晓迎。
多少游来求一睹，老夫稚子总关情。

● 董佩君

水调歌头　国庆七十华诞之夜

斜月淡云里，焰火耀天光。天安门外狂舞，金水影霓裳。七十生辰良夜，幻入蓬莱仙境，万众喜眉扬。此刻问先烈，齐乐聚天堂。　　初心记，携手进，共图强。改天换地，幽谷山野换新装。玉兔飞天探月，海翼巡洋捉鳖，巨臂写华章。再跃追风去，千里踏春阳。

● 纪少华

沁园春　国庆大阅兵抒怀

铁血洪流，受阅今朝，威武壮观。自南昌义举，惊雷动地；井冈魂铸，星火燎原。百万雄师，大江飞渡，直下钟山奏凯旋。谁能敌？舞红旗漫卷，踏破千关。　　基因红色承传，磨七秩、新锋熠熠寒。看神鹰展翅，潜龙跃海；卫星网布，火箭云穿。统帅高瞻，群英辈出，当代戎花赛木兰。从今后，造和平世界，命运同肩。

● 张立挺

鹧鸪天　庆祝新中国成立七十周年

七秩光阴挺且丰，我吟祖国籍苍松。千年颜色留青史，百丈虬枝上碧穹。　　人谓杰，树称雄，襟怀万里沐春风。此身敢向冰霜搏，耸立巍然在泰峰。

● 邱红妹

伟大祖国

惊心动魄雄师阵，震撼全球国力强。
猎猎红旗英烈染，巍巍导弹贼狼惶。
城楼首长俯身瞰，广场人民翘自昂。
万众欢呼同庆贺，炎黄之后赋华章。

● 卢景沛

看国庆七十周年阅兵有感

山呼海啸响铿锵，十亿神州壮志扬。
辟地开天赢剑利，固疆守土赖军强。
身经百战吴钩在，不忘初心国运长。
巨擘高擎复兴帜，炎黄奋进气轩昂。

● 史济民

电视看国庆七十周年阅兵有感

踏石留痕步伐锵，六军豪迈战旗扬。
手中有剑赢尊重，胸境无私可自强。
北斗卫星临水阔，东风导弹入云长。
南针指路初心在，气压五洲奇志昂。

上

海

诗

词

● 黄思维

建国七十周年献词

七十年前此肇基，天门辉映五星旗。
人民站起东方日，世界惊看中国时。
大好河山业相守，小康社会梦同追。
从知图易思艰处，鹏展前程未可期。

《尚书·君牙》："思其艰以图其易，民乃宁。"

● 王德海

北京国庆之夜

七秩佳辰不夜空，长街溢彩赛瑶宫。
三千传盏光屏闪，亿众齐心华夏雄。
喜看家园飞羽鸽，躬逢天地舞霞虹。
银花火树庆生日，万岁人民耀碧穹。

● 褚钟铭

题国庆游行队伍中老兵方队

容颜老去又如何，浴血疆场百战多。
万里长征彪史册，八年敌后布天罗。
军魂傲立上甘岭，豪气狂追瓦弄坡。
为有丹心昭日月，丰碑一座泣长河。

瓦弄，藏南地区。

● 陆 英

观国庆阅兵之女兵方阵

短裙一列眼凝神，胜却木兰威武身。
迈步横枪旗劲舞，排山气势镇嚣尘。

诗国华章

● 赵　磊

国庆电视观礼感怀

金水涟波耀赤旌，长衢鼎沸浩歌声。
雄兵沓沓堪冲突，重器辚辚任纵横。
颖俊欢欣登礼阁，青春激荡舞周城。
一言诏告三千界，展翅云鹏再启程。

● 苏开元

天安门广场看升国旗仪式

庄严迎拂晓，红旆复乾乾。
星耀万千里，旗扬七十年。
彤彤破迷雾，腊腊舞宏篇。
犹慰英雄血，征程又加鞭。

● 姚瑞明

咏巨松

写在伟大祖国七秩华诞之际

换骨新生一巨松，东方屹立世称雄。
根盘四海攀深壑，叶罩五洲笼碧穹。
抗雨避雷防卫术，凌霜傲雪坐禅功。
旋天斡地千钧力，破浪迎涛十级风。

● 雷新祥

苏州河水清

纪念上海解放七十周年

入城战士卧街头，白渡桥横水月流。
领导英明天下治，城河污染市民愁。
澄清环境源头起，纺织大军争胜筹。
去浊扬清尝断臂，笑看绿岸鸟鱼游。

● 葛贵恒

临江仙　赞共和国七秩华诞大阅兵

国庆阅兵开盛典，威仪方队豪雄。铁流亮剑贯长龙。战鹰呼啸过，焕彩满天虹。　万众欢腾歌载舞，九州齐贺丰功。艳惊世界亦钦崇。军威强国梦，鹏举振长风。

● 贾立夫

浣溪沙　观国庆大联欢

火树银花七彩天，欢歌笑语舞蹁跹，华人亿万夜无眠。　浪打风吹雄魄在，镇江定海有高贤，腾飞骏马再加鞭。

● 李学忠

齐天乐　国庆七十周年感怀

一轮红日霞光灿，迎风赤旗招展。岁月峥嵘，前程似锦。环顾江山无限，春晖永绽。看邦泰民安，万方英绚。跃马扬鞭，逐追梦想不骄倦。　回眸寒暑七秩，巨龙呈伟绩，交傲人卷，百业争先，城乡巨变。带路东风送暖，寰球仰羡。赞航母巡洋，探求银汉。尽兴讴歌，庆神州寿诞。

● 王汉田

鹧鸪天　七秩华诞观盛典

步履铿锵士气昂，东风系列喜登场。雄鹰铁马神威显，马壮兵强胜汉唐。　观盛典，揭新章，长歌古赋颂辉煌。初心铸就千秋业，赢得今朝国运昌。

诗

国

华

章

● 洪金魁

鹧鸪天　庆七十华诞大阅兵

　　礼炮声声盛典迎，长街百里阅雄兵。铿锵方阵英豪气，武备精良妖怪惊。　　扬正气，铸长城，金戈铁甲警钟鸣。党旗招展明灯指，捍卫金瓯保太平。

● 王怡宁

沁园春　国庆日怀两弹元勋邓稼先

　　荒野孤村，大漠纵深，隔绝尘寰。叹娇妻幼子，唯存脑海；虚名实利，尽弃云烟！算用珠盘，书凭现译，一刻当须抵十天。功成日，看菇云冲斗，万众狂欢。　　悠悠卅载团圆。怎忍看青丝改旧颜。忆骄阳冷月，何悭汗血；重氢裂铀，岂惧危难！时近黄昏，心萦军务，奋笔筹谋护国安。生无悔，梦重归前线，再跨征鞍。

● 李文庆

南歌子　忆解放大军进驻上海

　　夜宿街头露，胸怀海上宁。雄师十万静无声。日出东方温暖浦江城。　　壮志开新业，初心化激情。春潮浩荡载舟行。军号如歌催我继长征。

● 张忠梅

破阵子　纪念上海解放七十周年

　　十里洋场忆昔，千秋黄浦牵情。棚屋难遮风雨漏，遥夜犹听歌宴声。世间何处平？　　日出霞晖送暖，眉扬淞沪欢腾。蓬勃东方开锦绣，奋发航轮登远程。赢来寰宇惊。

奇石咏志

庆祝新中国成立七十周年
沪太（中华）奇石诗词大赛

【评委作品】

● 褚水敖

上

临江仙

百舸争流

春风吹破春江静，浪推朝日鲜红。行舟奋进气如虹。清声骤响，汽笛激长空。　　不见两岸奇景美，只存此石空空。有无原本雾重重。前程在望，切莫乱心胸。

海

惜春容

春江水暖鸭先知

春光处处真堪恋，鸭戏和风迎水面。此情此景此清清，犹胜悠悠堂上燕。　　藏家识得人生愿，不可世间起混乱。且将心事石中安，报告先知千曲啭。

诗

词

翻香令

荷　香

犹存青叶惜花残，与花永别照人间。坚心难死神仍在，这模样，丰韵胜从前。　　美观之物爱重观，去泥出水自悠闲。今图得，清新久，愈情深，愈知是天然！

鹊桥仙

广西大化石·蟾宫玉兔

爰爰有兔，天教凝黄，厮守广寒宫宇。也常偷空下人间，为此处、能销孤虑。　春池秋草，迷离扑朔，得享佳期无数。静如卧石在花丛，未听厌、莺歌蝶舞。

长江石·百舸争流

万载江流千里沙，冲凝磨洗润无瑕。
波涛缓急观鱼老，日月沉浮移影斜。
难免幽居生寂寞，幸逢竞渡羡槎牙。
群舟过尽欲存念，自作新笺就笔花。

采桑子

安徽灵璧石·停云

水穷生起悠然现，天上衣冠。天上衣冠，摩诘行吟，其意在修禅。　劝君休问停何处，独上山巅。独上山巅，记得停时，宜是坐而看。

念奴娇

广东孔雀石·荷香

田田十里，独青青一片，不随秋瘦。倦鸟飞来疑足处，顾盼相从厮守。霜露成珠，污泥未染，觉有香萦袖。莲歌似水，款然倾出更漏。　难耐几许阴晴，几番风雨，褪了清华又。吹入石中求未老，定格沧桑之后。叶海翻腾，心云旋卷，不下当年秀。明朝犹待，闹红千点含幼。

埃及戈壁石·玉玲珑

花开一树玉玲珑，法老飞天西向东。
法老不知何处去，唯留石窍入风中。

如梦令

卵石·丝绸之路
执手彩绸群舞，坊内新教宫女。知是盛唐时，
为博李郎频顾。稍住，稍住，谁晓太真何处？

● **杨绣丽**

忆江南

停　云
停挥处，望雁念君飞。一夜台风吹柏叶，数声
诗笛奏新晖。遥忆旧游归。

浣溪沙

锁　云
闹市云深锁翠氛，不知街巷似山村。秋风赏石
碧湖根。　　一璧广西灵玉子，环圆墨石绿苔痕。
锦心绣口解阑门。

点绛唇

祥　云
瑞墨祥晖，明霞照彻秋波色。隧桥清碧。绿岛
琼瑶质。　　江海石奇，冰雪橙黄橘。遥问北。舫
舟驰入。灵璧君能识？

● 陈洪法

咏奇石

耀我中华载道行，人驼集队送文明。
江湖足迹遥知险，戈壁萍踪不怕横。
事业同心同命运，丝绸有爱有风情。
方针大略成天意，一路东来紫气迎。

幼鹿背金蟾

金蟾幼鹿世风归，善美都须背上飞。
幸得东方天降运，觅来西域地生机。
行程万里同晴雨，餐宿千回共暖衣。
海啸山呼人赞羡，一帮一路闪光辉。

庆祝新中国成立七十周年

竹山蓝绿宝，身世破洪荒。
恐是天间物，偏穿地上装。
有余人致富，务实国求强。
华诞群星灿，吟风正气扬。

● 孙　玮

咏雁形长江水冲石

原当万里越清秋，争奈千年入水流。
几世修成心似铁，翩翩何事又回头？

● 李建新

春江水暖鸭先知

鸭化春江石，千年尚有灵。
呷呷如盈耳，君须入梦听。

奇

石

咏

志

停 云

飞来云一朵，化石也生烟。
移向书斋里，飘飘恍若仙。

荷 香

遥看如翡翠，静嗅有清香。
此石周围立，微微觉夏凉。

● 姚国仪

悟 道

此道为何道，世多迷惘人。
高僧若参透，点醒梦中身。

富甲天下

虽非补天物，土色久相侵。
一副虫模样，身家过万金。

荷 香

笑尔状如荷，无香漾水波。
只缘顽石主，情系绿婆娑。

● 邓婉莹

观奇石百舸争流有感

风烟初起浦江津，舫舸争流日日新。
灵石闲听山水变，芦花荡里忆春申。

荷　香

流年弹指惊，冷翠照眸明。
何必中宵立，荷卮独自倾。

幼鹿负金蟾

伤心南海几回眸，寂寞寒宫桂影幽，
一别瑶台天地老，红尘今夕更同游。

奇

石

咏

志

【获奖作品】

● 袁人瑞

赛玲珑

倩谁雕就石玲珑？信是洪荒造化工。
采得奇瑰知地杰，觅来灵物兆时丰。
分明网络三维立，仿佛连环四面通。
启我诗心亦开窍，吟哦不与昔年同。

● 吴承曙

一带一路

昔传贾客异邦音，片石来将古迹寻。
开拓每思唐格局，交流早识汉胸襟。
千年路运千般宝，万里商赢万镒金。
莫叹驼铃声渐远，更闻高铁起龙吟。

● 赵 磊

百舸争流

本自昆仑险僻陬，冲磨亿载润而柔。
偃扬兼苇随鳞浪，驰逐艟艨逗渚鸥。
胸胆开张天壮阔，乾坤充塞气清遒。
载来嵾峻安基石，垒固神州百世楼。

● 罗 伟

悟 道

生公宣法后，顽石亦修禅。
思入无邪里，神通有象先。
苍茫观日月，寂寞坐云烟。
乍见行参拜，痴吾学米颠。

米芾，人称米颠，见奇石就拜。

● 倪卓雅

渔家傲

和平鸽

曾越峰峦冲晓雾，白云邀约长翎舞。千里传书回旧所，喁喁语，初心不弃寒巢聚。　　无惧风霜兼日暮，两情比翼迢迢路。橄榄枝衔旗帜举，和平诉，此身化石青山处。

● 卢茂森

奇

石

咏

志

锁　云

奇石锁云形出时，蛇头鱼尾费人思。
怜它出洞初观世，企首凝眸久立姿。
偏有行家知玉宝，更多才杰赋诗词。
华年七十群雄赋，璀璨人间富裕追。

● 黄福海

见卵石有丝路之象感赋

烟光袅袅倚香檀，奇石斑斓盈尺宽。
大漠雁声连绝域，斜阳驼影向长安。
毡庐弦索胡姬醉，丝栈蒲桃汉使欢。
四海如今成一统，乘云朝夕到楼兰。

● 唐定坤

题停云灵璧石

谱中声色最通灵，徽璧辟寒空杳冥。
浮磬经过自发响，卿云烂漫稳招停。
身登苏子玉堂座，名在陶公时雨庭。
促席对君真老友，肃清八表解劳形。

宋杜绾《云林石谱》载石品百余种，灵璧石居首。

● 王 云

未醒之狮

清奇曾载秦皇刻，爱石苐公相拜诙。
地造瘤形祥色聚，天成润质瑞猊偎。
睛开十地当颔首，吼作三千传醒雷。
莫道荒滩僵卧久，髓灵可效补天才。

● 杨源兴

沁园春

关 公

灵璧天成，玉润八音，沧海亿年。看手横偃月，剑环飘缕；眉开丹凤，帻带垂肩。魂魄如生，须髯欲动。神琢人雕相丽骈。微吟罢，似硝烟又起，征事重还。　　是年共举时艰，功盖世，三分日月悬。念将军仁勇，顶天立地；英雄豪气，跃马降关。纵败孙酋，但留大义。千古威名传世间。皆惊叹，系石呈形象，木镶华篇。

● 宦振宏

停 云

出岫云根走，回声幽谷闻。
无心凌绝顶，自在看停云。

石为"云根"。

● 郑建军

一带一路

一带人驼戈壁中，眼前奇石叹天工。
曾经丝路连天下，始出阳关向海通。
激水扬波乘俯仰，开疆动土问西东。
新时代发洪荒力，家国梦圆尘世同。

● 张为民

一带一路

阳关石有型，闻若振驼铃。

平漠托长日，暮云开朗星。

千年通贸易，万里共繁荣。

丝路行高铁，更当侧耳听。

● 贺乃文

关　公

义薄云天壮缪关，青龙刀落毙豺獌。

春秋一部经纶策，鼎足三分割据患。

赫赫炎刘安可侮，煌煌大业岂能删。

殄除汉贼今承古，台独酣然梦寐间。

● 杨秀兰

题玉玲珑

有形七窍玉玲珑，戈壁滩藏此物聪。

应是羲皇太初起，当于石匠费神中。

一丘一壑成山水，一笔一刀能画工。

可笑季伦曾斗富，不知家国太平同。

石崇，字季伦。

● 张佐义

长江石百舸争流

女娲遗此石，未得补苍天。

万里争流处，千帆出海船。

初心悬日月，壮志满山川。

世界微尘里，图新又一篇。

奇

石

咏

志

23

● 杨毓娟

百舸争流

曾经江上勇行舟，亿万苍生得自由。
七十年齐心协力，满腔情远略深谋。
明珠璀璨东方耀，古国腾飞历史悠。
文化复兴新世纪，今朝百舸再争流。

● 沈亚娟

百舸争流

久沉江底自甘卑，万载冰心志不移。
质被岩磨骨更硬，形因浪打貌英姿。
身披西域漫天雪，情荡南洋百舸旗。
抚掌堪嗟芙月面，偏写华夏奋蹄诗。

● 倪超英

双　鸽

双眸对视频私语，平日夫妻各自忙。
纵使天涯无限好，何如相守到天荒。

● 鲍如婷

长江石

己亥孟秋，有飓风过境。是夜，风雷大作暴雨如倾。不寐，
观长江奇石有感。

曾与魏武观沧海，助成蜀相困吕蒙。
谁鼓满帆行壁上，击楫弱水驾长风。
神州自古多苦厄，何劳灵石补破穹。
手提昆仑三尺剑，开得太平万年功。

● 张 赟

奇石月兔

嫦娥明月伴，洪泽浪花喷。
目睹辉煌国，移身世上奔。

● 朱峻华

观一带一路石有感

大漠戈壁出奇石，好似驼队踏歌欢。
连绵商旅穿沙过，无惧西行道艰难。
古有汉使辟丝路，盛世天朝美名传。
近代华夏遭欺辱，沧桑百年断垣残。
十月炮声惊日月，马列少年聚红船。
开国大典一声吼，民族复兴拨云天。
改革春风熏九州，辉煌成就震宇寰。
今朝学习强国梦，一带一路四海宽。

奇

石

咏

志

沪渎行吟

【唐镇掠影】

● 褚水敖

唐镇遐思二绝

想唐朝
置身唐镇想唐朝，史隔千年感路遥。
今日诗花追旷古，嫣红姹紫见妖娆。

想财神
财神庙内赵公明，香火绵绵积厚情。
唐镇腾飞菩萨助，天如人愿大功成！

● 胡中行

藏头七绝唐镇新貌

唐时明月宋炎阳，镇有奇珍米字旁。
新事连连传不断，貌如春雨带芬芳。

唐镇养老院

既如庠序读书忙，也像梨园吟曲长。
更有彭彭生气在，老爷爷似小儿郎。

● 杨绣丽

唐镇天主堂

清风自在漫天穹，哥特教堂锦绣宫。
圣母吉祥催树绿，灵泉露德是玫红。

1858 年，圣母在法国一个小镇露德显现，嘱念玫瑰经，为世人祈祷

唐镇九球大赛

唐镇台球创大篇，精英技赛九峰巅。
长杆弧线乾坤转，安泰祥庆炫彩天！

● 姚国仪

三访唐镇有感

一

到此三回别样新，绿阴衢道宛如春。
全凭思路加双手，引凤筑巢唐镇人。

二

水有源头树有根，故乡人爱故乡村。
纵行万里常思念，星月在天牵梦魂。

● 张青云

唐镇印象

秀邑天然冠浦东，以唐名镇韵无穷。
人民辐辏生机旺，廛舍绵延气象雄。
经济腾飞开景运，诗书敦化启文风。
创新发展嘉猷定，锦地生辉处处同。

咏唐镇敬老院

回廊曲院气清新，花木扶疏四季春。
媪忭翁欢康乐地，长为幸福养颐人。

沪

渎

行

吟

● 陈洪法

浦东唐镇一游喜赋

奋战乡村血色旗，群雄煮酒赋诗词。
百楼并蒂灯千盏，两树相邻根一基。
十字桥头鱼米羡，九球馆里健儿奇。
阳光照进红墙内，老柳回春还绿丝。

● 钟　菡

唐镇有感

一

地僻尤闻车马喧，或云昔日是桃源。
童蒙耆老皆安乐，天主堂前作笑言。

二

自古繁华鱼米镇，个中滋味得江南。
风流长向风流聚，望遍楼台心已酣。

● 黄福海

初到唐镇

左依沧海右摩都，襟带华亭霖雨酥。
道出仙乡明雾眼，瑶池圣代现遗珠。

如梦令　唐镇印象

风雨江南调顺，鹏翼浦东飞进。甘露遍沾民，
沪县几多尧舜？唐镇唐镇，又见明珠圆润。

● 许丽莉

唐 镇

暮春踏绿游唐镇，烂漫骄阳草木痴。
月季争开盈满地，诗词斗放盖空池。
众人畅饮谈唐盛，一口轻吞落笔迟。
遥想李唐文绰绰，今番赋作亦唐诗。

沪

访唐镇敬老院（新韵）

夏风吹散连天雨，驾起轻云访乐园。
绿野群芳生趣闹，红楼小院落栖闲。
渎
沉疴耄耋多安逸，精干韶华少负担。
恰闻来人吾学妹，感夸倍有俊才添。

行

● 杨毓娟

唐镇新风

排排别墅绿阴遮，庭院藩篱各色花。
吟
廿载春风浦江岸，农家从此胜仙家。

唐多令

　　风拂柳长条，晓光映碧寥。百业兴、遍地楼
高。坦道纵横通四海，游客醉，乐陶陶。　　回首
廿年遥，良方施妙招。推巨浪、又起波涛。国泰民
殷人思定，今唐镇，赛唐朝。

【嘹城古韵】

● 顾建清

街衢纵横

塔阴弹石基，河路接桥墀。
夹树千廛市，东南西北施。

黉序蕴结

俨然自仰趋，堂奥一都图。
石级凭登陟，树花相映娱。

兴贤瑞雪

长治盼贤能，宾兴傍殿赓。
高昭标匾石，银砌见坚贞。

文昌焕彩

横沥水悠悠，云花几度秋。
宾兴簪盍处，飞阁叠檐楼。

佑文清波

石杠如机崇，花径接黉宫。
潭阁奎山影，晴明横沥中。

项泾北桥

平梁边岸庐，舟泊水天虚。
临北传钟鼓，向南听说书。

日晖桥下

磅礴水云宽，柱文犹未残。
日晖庐树影，多可镜中看。

熙春彩绿

明花暗绿边，弧石一何坚。
闻昔集仙会，东行由此穿。

古桥永宁

迢茫见脊墙，苍郁荫停航。
行探石梁古，须询赵子昂。

练水洸漾

楼肆趋相邻，货帆通远津。
茶书南北客，时聚上林春。

练祁老屋

祥地起门墉，生民袭礼恭。
岂知人去后，榆树寂寥秋。

西溪草堂

庸庶诗礼家，垣壁落西霞。
著刊篋书里，香涵杜若花。

思贤遗泽

圻水绿沄沄，孤云不见群。
碑堂寥落久，蕉竹仰清芬。

塔院纛云

庭石兀奇稀，烟霞气润飞。
雕楼重砌在，朱色感多移。

儒宗潜研

深蔚蕴玄堂，诗书濬哲光。
名扬山斗里，重筑发其祥。

朱家花园

瑛色衬红霞，林池拥物华。
云天墫地净，游目悦槎枒。

城垣绵延

残垣危似巉，廊屋阙中衔。
红杪兴亡事，听凭鸟哢喃。

侯黄忠节

知难守斗垣，拼死节忠存。
碧化苌弘血，啼归蜀帝魂。

秋霞探幽

潭漪分水山，奇石榭亭环。
幽赏竹林处，芃芃能几般。

井亭泉冽

牂牂涟石侵，亭井匼幽寻。
泉水原无价，苔钱绿到今。

海上诗潮

● 褚水敖

南翔天问地答两首

天　问

古镇嫣然出崭新，游人顷刻竟疑真。
幸能观塔知诗雅，断可沿街识酒醇。
河道壮观偏炫目，楼群细数自迷神。
南翔陶醉成天问，白鹤何时便省亲？

地　答

漫云无处无奇景，当觅芳华旧日痕。
古寺钟声犹贯耳，檀园水影总牵魂。
馒头真带清朝味，碑刻重开宋代门。
地上全新承老旧，书成一部古今论。

● 陈鹏举

谒宝山寺三首

一

无端悲喜到今时，万丈雄心两鬓丝。
寺塔秋来停雁足，才知风雨有归期。

二

能与浮生心事违，人非草木亦芳菲。
潮生大夜忘归去，风雨菩提两泪飞。

三

微雨相随寺燕斜，风风雨雨到僧家。
天青雨过袈裟色，四海苍生一味茶。

八声甘州　步柳永潇潇雨韵

　　十三年潦倒伏盐车，归来鬓先秋。凭秦琼卖马，刘伶索醉，王粲登楼。上国鸡虫事业，千古未曾休。不得开心意，恁地风流。　　自爱铁寒铜瘦，有少陵诗句，骏骨能收。算残年将尽，欲与此情留。忆当初、洞庭湖上，月明中、天地一扁舟。天教我、落英无处，空负牢愁。

● 刘永翔

自　咏

　　五羊陈澔斋先生云："诗人是不能培养的，是石头里爆出来的。"闻之良愧，感赋：

一

　　磨杵犹祈有日成，爱行泽畔试吟声。
　　此身可作诗人未，堕地愁非石里生。

二

　　个个人心尽有诗，亦如王学说良知。
　　采风若待天才出，岂有葩经问世时。
　　王阳明诗云："个个人心有仲尼。"

● 喻　军

己亥大暑闲居偶成

　　闲在无多事，犹寒暑困时。
　　翻书惟感旧，断雁岂幽思。
　　别绪诗何忍，描图色未施。
　　青青竹外柳，倩夏剪愁丝。

咏青野之水杉

薮泽宛寒泉，蓬蓬翠蔽天。
经霜惟特立，占水任玄悬。
构殿身无岸，开光梦有田。
漪澜风借势，恰可奏高弦。

小暑即怀

梅雨今时意阙如，因循暑气黯消除。
闻雷独向闲庭境，揽月双回大梦初。
纵有青花怜旧色，焉无宿墨啸新庐。
青奴且自凉生满，始觉风翻腕底书。

行香子

几粒湿红，一羽秋鸿。怆神处、都是匆匆。江
关词赋，庾信蒙蒙。叹水中花、愁中酒、梦中空。

往来舟渡，水际无穷。且随它、今古交融。范
蠡吴越，任尔西东。对一湖月、一佳丽、一飘蓬。

杜甫《咏怀古迹·其一》"庾信平生最萧瑟，暮年诗赋动江关。"庾信（513～581），字子山，小字兰成，南阳新野（今属河南）人，南北朝时期重要诗人、文学家。

● 董佩君

太行屋脊抒怀

老壮清秋上太行，凭栏眺望尽苍茫。
千峰拔剑曾驱寇，万木弯弓可射狼。
断壁架渠连旷野，悬崖凿路向康庄。
华年七十雄关越，更上一层现瑞光。

题摩耶精舍

秋岭云蒸环别墅，清流似乐醉山翁。
胸存万壑心犹壮，笔落千岩胆愈雄。
蓟县憎倭归蜀隐，敦煌入窟补天功。
暮年泼彩生奇境，画尽风烟逆旅中。

满庭芳　韶山毛泽东故居

满目苍山，荷池映碧，翠竹环绕通幽。屋檐低矮，丰谷岁无愁。灵地风和雨润，千林秀，泽厚龙游。幼勤学，敏思立志，报国念天忧。　　何求。行逆水，南湖浪静，拨雾飞舟。井冈火燎野，红遍神州。旭日长城万里，松风翠，一片金瓯。飞龙舞，神州崛起，尧舜写春秋。

渔家傲　竹沟全国电力书法展

冬树横斜平野越。确山旗展朝阳抹。旧址灰墙烟未没。铭不屈。江山寸土齐心夺。　　侪辈重温因血热。情融翰墨怀英烈。莫忘初心当揽月。天地阔。新征万里迎霞蔚。

● 纪少华

题东海大演习

东海惊涛列五军，雄风亮剑斩阴云。
且收台岛如官子，一统中华永不分。

长白秋月

奇峰皓月醉徘徊，独酌天池酒一杯。
白发飘飘千丈瀑，此情流去洗尘埃。

八达岭红叶

十月燕山火沸腾，旌旗热血舞长城。
霜枫红透传神处，傲骨从来敢奋争。

咏 菊

霜日傲含君子气，守心如炽艳秋阳。
迟开胜似春和夏，十月炼成中国香。

● 邵征人

记艺友小聚横沙岛笔会

天篮云白柳风轻，小岛横沙约我行。
一夕畅怀唱旧曲，三方叙饮誓新盟。
何辞海阔韶光美，须念天空艺境清。
有意无桥无隧道？一方水土牧歌情！

漫步外滩有感

申城地标外滩边，都市繁华映水前。
劲舞曼歌娇丽质，浓妆淡抹雅馨园。
一江系海催人醉，九曲连廊揽客缘。
百业风光夸国际，金融贸易五洲联。

● 刘毛伢

瞻仰宝山上海解放纪念馆有慨

六月荷花绽放中，红旗招展正迎风。
当年战火映江水，今日丰碑入碧空。
先烈长眠宝山地，后人牢记铁军功。
试看上海繁华景，大国腾飞势若虹。

浣溪沙　上海市政协举办初心论坛有感

　　一大初心确立时，光芒万丈耀红旗。复兴伟业万民期。　　星火燎原昭日月，烽烟遍地启春晖。中华崛起孰能违。

● 孙晓飞

遇台风有思

　　云海潜龙显怒眉，人间万物尽思危。
　　不知平素遮天伞，今日还能保护谁。

秋　思

　　无情风雨若刀割，有限光阴去几何。
　　检点初心如梦在，莫听秋叶唱离歌。

农家秋日

　　缘客殷勤一碗茶，入秋捉趣在农家。
　　偷攀松牖葫芦蔓，学傍竹篱扁豆花。
　　胡蒜分居撕破脸，石榴开口笑丢牙。
　　偶然叶似蝶飞去，忙坏门前俩小娃。

朝中措　归雁

　　喙衔昏晓背驮云，千里客途新。疏雨未曾惆怅，西风几度销魂。　　银塘暂避，软泥留印，蒲苇藏身。星月梦中惊起，低飞不忍离群。

海

上

诗

潮

● 陈繁华

燕　园

三婵娟室五芝堂，天际归舟绿转廊。
燕谷过云诗境地，荷池引胜梦仙乡。
相看水石玲珑影，更喜山林浅淡妆。
仲夏时生新霁色，名园好静巷中藏。

檀　园

檀园雅致畅心情，曲曲廊台霁景明。
隔树远峰留夜色，临阶活水放秋声。
多因妙句流芳逸，独对贤人入影清。
品大红袍醺次醉，龙涵芳硕石逢迎。

师俭堂

震泽商船数点开，民居六进却轻财。
川云月照清宵竹，径石风翻僻地苔。
得静到门三面水，分幽遮岸一阶台。
前贤故宅凋零半，福善人家已不回。

● 冯　如

圆明园观荷

数代风流皆付炬，百年焦土漫开莲。
正扬碧浪迫云气，竞织红衣碍柳烟。
曲水勾连故园梦，芳枝摇曳有情天。
繁华零落尘埃后，草木欣欣归自然。

卢沟桥

千年送别伤情地，炮火隆隆铭国仇。
月恨九州奔恶犬，桥连众志护金瓯。
清风荡荡扫霾去，白荻深深鉴水流。
今问石狮无恙否，澄空长愿落沙鸥。

故　宫

率土之滨第一城，红墙绿柳数更名。
堆来彩绣随云散，敛尽珍奇化絮轻。
日晷殿前磨岁月，蟠龙壁上淡峥嵘。
游人纷说前朝事，老树盘鸦哑哑鸣。

孔　庙

稚子何知皆再拜，为求高中揖牌楼。
宽仁夫子油然笑，熙攘龙门刹那愁。
为学易从勤力得，做人须向垢尘优。
凤兮往者长垂范，今者谁能同道游。

● 黄福海

春夜与友共饮

古宅春来晚，残躯病愈迟。
十年封酱瓿，四句赠花诗。
人老拈新语，墨枯临旧池。
且乘佳兴醉，吟与落樱知。

元　春

难得元春三日晴，偷闲伴母话平生。
窗边曝日追前事，灯下和衣感旧情。
家国兴衰同表里，亲仇善恶各分明。
额头多少风霜路，未减遐龄骨气清。

元日寄继公

寻常劳案牍，岁杪问安如。
卧雪思汉末，依梅追宋初。
细论常务实，小酌辄凌虚。
为我治方寸，凭君布密疏。
识荆情历历，说项意徐徐。
风谊兼师友，长叹时不居。

人日立春姚林伉俪设宴聚饮夜归

相识逾三纪，迍邅余幻身。
论诗标韵格，品酒助精神。
自愧劳形秽，长怀旧谊真。
潇潇相送远，情暖胜阳春。

● 卞爱生

次韵诗友自寿并贺

应喜腊中听雅歌，诞时易感岁如梭。
行年未算穷途业，老骥更怀千里何。
叔夜缘悭入寥一，长卿渴甚是情多。
赓酬愿荐南山寿，不理翟公门雀罗。

雅集品诗友岩茶并赏妙墨

茶香有意伴书香，欲共春风抚鬓霜。
茗外情高天可见，胸中块磊自消亡。
诗因促席方清隽，墨更临池索宝章。
云雾蒸腾心待处，乌龙亦好客昂藏。

咏迎春花

瑟瑟溪边簇，虬枝缀花黄。

风寒雨冻冰未释，万物天地机犹藏。

汝何餐露含鲜至，披枝点点惊我望。

嗟汝萧疏少姿质，复怜花小在严霜。

与汝同袍梅亦发，傲气袭人暗浮香。

随踵春来桃李盛，明艳传世蹊正长。

更看富贵牡丹色，占尽温存承煦阳。

知汝性情知汝意，岂识俗世名利场。

愿报人间春消息，不为魁鳌不为芳。

今识君子令我愧，溪前久伫月色凉。

● 杨毓娟

鼓浪屿书法集训

一

百年庭院老，拾级步廊长。

四海师门聚，二王名赫扬。

挥毫频泼墨，恣意拟新章。

皓月松窗侧，举杯共醉狂。

二

鼓浪听涛锥画沙，排云布阵草书划。

潜心妙趣摹唐晋，海鸟翻波映晚霞。

锥画沙、排云，皆为书法用语。

● 李 环

咏秋三首

一

一层秋雨一层凉，一派新光改暑妆。

万木岭头云意润，千帆江上月情长。

荷龄纵老香犹在，谷实才黄粒待藏。

且喜吾侪逢盛世，清平景里读华章。

海

上

诗

潮

二

一层秋雨一层凉，雨过天青四野芳。
老菊傍篱才吐艳，木樨依水已流香。
侵晨疏柳携蝉静，向晚云霞逐雁翔。
褪去浮嚣灵境见，守真抱朴乐无疆。

三

一层秋雨一层凉，凋碧催红似晚霜。
枫叶山间含冷雾，蒹葭江上带斜阳。
三生次序原如是，四季轮回乃亦常。
多取此时清淡味，琴声引梦到霞庄。

● 胡　斌

月　夜

天青宵若水，东海起明珠。
辉濯九千里，醅开十万壶。
星沉寻雁引，云醉待风扶。
何处霓裳曲，遥听有却无。

暮　春

暮春时节暖晴天，独厌梧桐乱絮烟。
待到芽绒风解后，满城尽享绿阴旃。

新荷叶　小暑游漪园

梅雨微晴，难捱溽暑寻幽。九曲连环，转身已
是青洲。湖生碧浪，却分明，风卷荷柔。花衔香
蕊，星星点点含羞。　　鱼泛鲛珠，翠盘玉钻莲浮。
素籽泥根，绿蓬翘首如讴。清音乍起，循叶望，
三五蛙游。天光檐影，戏鹅池畔思悠。

● 林美霞

祖国万岁（藏头）

祖德昭昭宜子孙，国之九鼎护忠魂。
万年大业万年策，岁岁扬帆日色曛。

己亥仲秋有感并祝亲朋好友节日愉快

屏里多吟时令篇，今年依旧似前年。
旧朋新友竞相祝，相祝家家月更圆。

● 郭幽雯

梧　桐

日照斑斓筛碎影，道旁对接翠冠阴。
欲看秋色何其美，一夜西风满地金。

申城行道树类繁，然最美乃梧桐也。春来，绿意盎然；夏至，如冠成荫；秋深，满地金黄。

初春北疆行三首

一

西域北疆三月寒，冰莹白雪盖天山。
何须怨草无新绿，已有春风度玉关。

二

云雾绕缭含画意，雨丝淅沥溢诗情。
天公谁道不作美，别有登临幽趣生。

三

三月草原飞雪临，银装素裹树萧森。
南疆春暖北疆冻，难隔天山两地心。

海

上

诗

潮

婺州夜游

重来寻八婺，共与古人愁。
同甫怀春恨，易安书咏楼。
可怜皆不见，空说已无由。
恐被东风笑，依依独自羞。

五月二十六日雪中

但见风频起，茫茫雪蔽天。
祁连山色白，沙柳水声咽。
只道回头去，再来拉脊前。
不知今夜梦，系马向谁边。

自　嘲

何由染得羡绲衣，优孟衣冠说幕帷。
冯道安怀臣子恨，魏征不识主人非。
长安路远关宗稷，朱雀门开岂厌微。
欲醉偏辞元亮酒，怕人问到几时归。

● 王　曦

仲夏学书有感

从师游醴泉，越壑饮淳鲜。
俯览钟王意，流美黑白川。

● 邓婉莹

观小女工笔画风摄像偶得

一

快雪时晴万象新，一枝独秀觑红尘。
韶光倏忽抛人去，莫负初心莫负春。

二

凭栏谁唱袅晴丝，花发蓦然三两枝。
无赖狸奴频捉影，芭蕉叶上有新诗。

三

三月桃花古渡头，稚儿黄鸟共啁啾。
纸鸢一点扶摇上，捧面遥看笑却羞。

四

江南五月枇杷黄，长叶垂枝满树香。
双燕翩翩来复去，忙抛新果唤伊尝。

● 许丽莉

大观园

太虚幻境

真假无中有，悲欢转眼空。
迎来归去处，何必问西东。

怡红院

花红开满院，衔石到人间。
最是痴情苦，穷生却未还。

潇湘馆

花锄常有恨，青竹本无心。
莫叹情深种，诗文泪满襟。

蘅芜苑

小楼环院宇，白瀑挂山前。
一把黄金锁，平添一世缘。

海

上

诗

潮

栊翠庵

梵音传空谷，冰玉染无尘。

却扰人间事，如何净了身。

● 金持衡

悼叶元章翁

噩讯惊传哭已迟，联翩往事岂堪追。

羊城流水知音在，歇浦飞虹蝶梦痴。

壮岁芳华人共感，暮年心境我深知。

泪飞更作纷纷雨，重续遗篇寄怆思。

叶翁创作诗词起步较早，他在青海已神交久，是中华诗词学会发起人之一。1993年在广州参加诗会见面，以后在宁波、杭州、上海常共论诗文。

● 姚国仪

祭叶元章先生

一早接良骏大姐短信："父亲叶元章先生因病于6月30日去世，享年98岁。遵遗命，丧事简办，于今晨仅由亲人送别。良骏率弟妹泣告。"叶老大殓而未能前往送行，唯以此诗遥祭。时7月4日。

分明顺水可推舟，偏是披鳞堕逆流。

七十年来家国事，五千里外乱离愁。

人间公道应犹在，身后诗章尚可留。

老树明春又新叶，但悲心愿已难酬。

梦工坊咖啡吧

浦东成山路新开一家咖啡店，乃沪上首个心智障碍青年支持性就业基地。员工皆刚从辅读学校毕业，患程度不同之心智障碍，或被称为"来自星星的孩子"。几次过访，思人生之不易，尤怜众儿父母之不易，甚为感触。

满室香氛洗俗氛，送迎待客倍辛勤。

何曾个个成枯木，本自星星驾彩云。

笑脸无邪时顾我，羞容清善总怜君。

谁知父母盈襟泪，一路护花悲且欣。

● 王铁麟

己亥初夏偕五纪同窗赴顾村

观荷为题承慧影音小集
擎盖持青翠，朱唇未展妖。
出泥开五色，划水印三桥。
笛远盈盈去，颜清日日娇。
白头长乐永，再聚说前朝。

己亥季春杭郊泛舟二首

一
过雨西溪廿五弦，今朝鱼舞未芊芊。
曾歌殿上三生事，又写桃花十里笺。
秋雪庵无钟呗漫，石头桥数黛眉牵。
何当挽得芦前月，如雪心思入钓船。

杭州西溪为清传奇《长生殿》撰者洪昇故里；秋雪庵居西溪中部小汀，南宋淳熙始建，因唐人"秋雪蒙钓船"句得名。

二
吻水蔷薇点点开，栎花摇落一斜苔。
三山紫笋西溪梦，十里鸳情北阁才。
既得乌蓬听夜雨，何来珠玉化尘埃?
明朝识得东皇恋，又见高阳缓缓来。

东皇，太阳神；《离骚》有"帝高阳之苗裔兮，朕皇考曰伯庸"句；庵左有小筑，为清末周梦坡筑历代两浙词人祠堂，奉祀达千余家。

● 蔡慧蘋

人月圆　郭庄

香樟浓叶垂阴静，碎语坐东西。前湖烟水，雷峰雾锁，保俶凄迷。　沉雷声闷，水禽声脆，欲比高低。绿墙谁植，濛濛掠影，却是苏堤。

海

上

诗

潮

51

柳梢青　西溪荡舟

时窄时宽，三弯四曲，不识西东。极目芦苇，白茅随处，柳袅烟濛。　　轻阴一路春虫。又嘤呖、何方觅踪？过了渔村，声声嘀嗒，雨打舷篷。

锦堂春慢　常熟蒋园

长巷深深，虞峰咫尺，浓阴秀木如涛。画阁飞檐，花径曲折妖娆。叠石涧溪流去，石带钩络多娇。上窈然小阁，墨客骚人，清赏闲聊。　　绛云楼台飘渺，正飞来燕子，孤寂声寥。天际来舟归晚，几度逍遥？孽海茫茫雾锁，纵彩笔、难续琴箫。叶底新声正好，何忍重听，乱语嘈嘈。

　　明中叶张文麟在南宋邵氏废园基础上修建了半野堂，崇祯时钱谦益购得并扩建了我闻室、绛云楼。自乾隆间蒋元枢购得，至清末是园数易其主，2013 年被国务院列为全国文物保护单位。园内假山洞壑用钩带法，如石拱桥构筑原理，为晋陵（今属江苏省）戈裕良首创。

奇石两章

河传　一带一路

荒漠，沙角。金阳坠落，一行驼橐。过沙州鼙鼓心煎。玉关，正茫茫燧烟。雪山贾客心千迹。莫虚掷，愿化玲珑石。绿金精、汗血鸣，异京，醉葡萄醺情。

　　唐贞观年间，东罗马道使来聘，献赤玻璃、绿金精等物，太宗回赠丝织品。西域大宛产的好马，在西汉称汗血马，也称天马。

忆余杭　荷香

长忆溪西，雾气迷濛摇翡翠。双桨荡得漾香来，端个出尘埃。　　水晶宫里吴姬女，邀我入帷两相叙。纵珊瑚琥珀难追，笑捧石荷归。

● 张立挺

悼念叶元章诗丈

引领诗林百鸟鸣，骚坛高德说冰清。
春莺每欲开喉唱，耳畔长闻老凤声。

己亥端午感吟

追思岁月说风云，难忘江波抱石人。
社稷沉沦生佞宦，国家板荡识忠臣。
休言彼岸无烽火，应信今朝有暴秦。
香粽年年端午日，此时更祭汨罗滨。

浪淘沙　纪念五四运动一百周年

岁忆百年遥，烈火燃烧。学潮引领起工潮。一
吼睡狮昂首日，地动山摇。　　爱国大旗飘，奋我
同胞。精神不灭到今朝。立志为圆中国梦，任重
吾曹。

鹊桥仙　七夕（秦观原韵）

又经风雨，又过寒暑，织女牛郎几度。迎来七
夕理星云，望天际、临窗细数。　　东方日起，西
山霞落，岂有时光退路。人生今已入金秋，更珍
惜、朝朝暮暮。

● 袁拿恩

千紫山二首

一

杉林竹海龙潭坝，洗绿毛峰云雾茶。
三十六年朝夕梦，大平田垄望晴霞。

二

魂牵梦绕龙潭坝，白练飞流漱翠崖。

秋九汲泉回旧地，又尝云雾故乡茶。

离开原黄山茶林场千紫山已三十六年。龙潭坝、大平皆地名。

游苏州西山

飘渺烟波望迢迢，斜阳苇影一渔樵。

煮茶茵席论三国，把盏茅斋说二乔。

清夜灯明君弄墨，禅门月下孰吹箫。

莫嫌入妙时光短，亦展襟怀叹梦蕉。

冬居海南

身随鸿雁琼州临，至此不闻霜雪侵。

南圣河边悠虎步，太平山上醉龙吟。

烟岚雨湿芭蕉叶，朗月风摇椰树林。

苏轼若知今日事，行香子赋泪衣襟。

● 龚伯荣

中秋寄语

指点传微信，时空越五洲。

我心随朗月，寄语话中秋。

东方明珠

谁持两岸灯光秀，装点浦江锦绣妆。

一柱擎天七彩色，明珠璀璨耀东方。

雨　后

漫卷乌云彻夜驰，倾盆大雨进行时。

长空洗净呈秋色，一展清新烂漫姿。

行 走

古稀何惧乾坤大，行走多年四海家。
万水千山天地小，人生永远是芳华。

● 丁德明

观大宁郁金香花展

娉婷细雨中，婀娜小桥东。
生自荷兰国，嫁随华夏宫。
红红含白趣，碧碧竞黄风。
春水淋衣湿，古稀如稚童。

垂丝海棠

缓步花丛看海棠，小苞迭迭影中藏。
红红白白花临水，碧碧蓝蓝叶沾霜。
似醉非醒常伴笑，欲腾还堕满庭芳。
朝朝暮暮思难断，一片春心付寸肠。

垂丝海棠又名肠花，有思乡草之名，象征游子思乡表达离愁别绪之意。

北欧行

老夫携内北欧游，意气胜过百尺楼。
一万米高空赏月，八千里世界环球。
哈棠厄海湾听雨，雷克雅蓝湖逐鸥。
笑指晚年新岁日，遥看北纬斗星流。

记哥本哈根

七月阳光照哈根，运河荡漾白帆痕。
孩提童话火柴灭，海畔人鱼思嫁婚。
一个清凉冰激淋，满腔滋味拌游魂。
北欧许是真王国，疑似人间幸福村。

海

上

诗

潮

● 黄　旭

贺崇明海棠文化节

东风三月蕴晴霞，鹤迹瀛洲滨水涯。
醉美三星农稼地，芳菲十里海棠花。

旧地重游（之三）

只为清心出市嚣，且将吟句细推敲。
三桥水上团圆月，一片春光在柳梢。

东台即兴

春江晨晓正初霜，十八飞鸿字一行。
嬉戏子陵台上坐，一杆一线钓秋光。

幼识杨盈川

杨炯祠堂何处寻，衢州邑外溮江临。
三年县令终生地，千古城隍护庶心。
沥治髫龄疗患劫，聆听声韵律趋嵌。
手牵祖母田头上，从此唐诗小口吟。

● 邱红妹

咏灵璧石关公

忠心赤胆义传神，顽石灵通毕肖真。
手握大刀威力在，宏扬正气世风淳。

咏戈壁石和平鸽

干戈烽火起源蒙，种族分歧兵马攻。
百姓羁安灵璧石，和平鸽义贯长虹。

咏孔雀石荷香

瑶池碧翠不寻常，陪伴慈航净土香。
灵石效颦缘佛性，清馨世世永传芳。

● 王家林

花木短吟

柳

霜刀雪剑苦折磨，渴望温情不必多。
只要春风轻吻过，柔姿倩影舞婆娑。

荷

粘花娱子笑春光，张盖舐犊嘻艳阳。
青胆沥干秋水冷，枯株仍抱小儿郎。

菊

不争娇艳不登台，冷雨寒风揽入怀。
玉洁冰清犹淡雅，深川野陌粲然开。

松

未知冬夏斗狂妖，枉羡身披碧玉袍。
驱罢玉龙迎旱魃，春秋抖落几重毫。

● 喻石生

题石奇明摄桃花潭一景

曾经兀立送行舟，凭藉诗仙名胜留。
千载桃花潭岸石，鹭鹚底事伫凝眸。

步韵鹏举摄泰晤士小镇落叶照

看似无涯却有涯，草坪奇景欲驱车。
一宵落叶经风雨，满眼缤纷疑是花。

海

上

诗

潮

题子农宵深所绘金笺墨荷屏风

比伦红袖欠温存，独对丰神亦醉昏。
碧水凉风写真罢，半宵偕月共销魂。

满庭芳　秦少游九百七十年诞辰纪念步友人韵

意脉连绵，清新鲍谢，心期末围苏门。少时襟抱，豪迈举融尊。才调风流俊赏，纵游处、韵致交纷。宦途险，情多累美，怕按别离筝。　　惊魂。遭屡困，空怀警策，壮志哀分。幸锤练疏朗，气古长存。已矣万人莫赎，垂词史、褒誉留痕。堪欣慰，高邮祭祀，隆盛近黄昏。

融尊，代指酒杯。

● 何佩刚

步杜甫秋兴八首韵试作（选三）

故园秋
仰目千山树郁林，万竿荫户竹萧森。
禾场晒谷贪光热，草甸眠牛伏地阴。
上古遗村藏战堡，前朝旧事载民心。
淳风已淡忘年月，浅水河边失捣砧。

永宁秋
常见丹岩落日斜，秋风送爽惜韶华。
西陲渐次来驮马，东岸无闻泛筏槎。
立愿龙门驰学海，偶思军旅动芦笳。
苍山碧水摇篮地，育我青春如护花。

金陵秋
江城日落绚余晖，暮笼钟山醒翠微。
苍莽大江留鳌卧，幽深灵谷歇鹏飞。
曾迷虎踞风云积，枉自龙盘心事违。
慢道秋凉今景好，偷窥麋鹿已私肥。

● 周阳高

黄岩九峰山

东南形胜地，滨海属丘陵。
气象当无匹，盘桓足自矜。
大山余此脉，明月照其棱。
缱绻家山意，悠悠日月恒。

黄岩九峰山是括苍山的余脉。括苍山，地处浙东中南部，为
灵江水系与瓯江水系分水岭，最高峰海拔1382.6米，为浙东第一
高峰，支脉展布仙居、临海、黄岩、永嘉、缙云诸县，余脉伸展
至三门湾以南，入海为东矶列岛。

鹧鸪天　题山间祖屋图

梦里家山紧步趋，故园老宅废如墟。堂前久绝
恋家燕，屋后无闻绕树乌。　　乡土杳，正愁予。
遍游四海思山居。夕阳不胜杜鹃泣，恍惚人生如
梦遽。

己亥清明后一周图此，并书旧句于沪上高斋。山间祖屋早已
无人居住，倾败日甚，不免惆怅。与"杜鹃泣血"的典故无关，
只是拈取夕阳、鹃啼两个意象，来衬托最后一句"恍惚人生如梦
遽"的感慨。

西江月　天台石梁飞瀑

又见石梁飞瀑，旋寻滴漏铜壶。忆中瀑下树扶
疏，石缺积潭即是。　　峡谷溪潭无数，微风细如
游鱼。可知记忆扁平乎？删略林泉十里！

● 卢景沛

己亥中秋望月

明月照窗，举头仰望，绰约奇幻。时代不同，
科学发展，望月该有新的遐思。

一

蟾宫寂寞桂枝寒，一片荒凉砂石滩。
华夏神车来造访，仙姝从此不孤单。

二

几多幻想几多思，背面月球千万奇。
亘古疑团终渐解，炎黄辟路探新知。

行香子　贺老诗人莫林百岁寿辰

月露和光，灯映华堂。梅庐会、逸兴徜徉。纵情抒发，唱和飞觞。正歌声喧，咏声亮，笑声扬。

大姐轩昂，好景榆桑。期颐寿、祝福悠长。献身革命，拼搏诗场。看功勋著，佳篇涌，永流芳。

● **邵益山**

龙须山诗草

山　居

避暑篁山上，东坡拥竹居。
窗前常望月，林下偶翻书。
隔岭闻人语，迂途现客庐。
徐徐陶令径，袅袅爨烟墟。

游指南山

数日深山歇，体闲心欲驰。
随车观景隔，驻足看云移。
竹直千竿翠，坡平一岭奇。
农家晚炊散，忘意亦忘时。

龙须山雨后

风雨山中歇，灰纱罩碧簪。

炊烟各自直，鸡犬互交谈。

修竹接天地，迸泉喧溆潭。

坐看云幻变，不觉四暝酣。

山中遇台风兼思沪上诸亲朋

八月台风挟雨来，侵城掠地遇之摧。

盘根老树连根起，奔海长河溯海回。

逆势何能保财物，顺时或可减天灾。

深山昨夜听霶霈，晨望苍茫眉不开。

● 郁时威

睡莲三首

一

玉靥含红枕碧波，酣然入梦竟如何。

痴情已许骚人笔，一片冰心被渐磨。

二

荒野池塘独自开，风吹雨打响轻雷。

幽香一片飘飞去，惹使青云潜水来。

三

冰心无意化蓬开，误入凡尘百事哀。

静卧池中常独处，骚人摄客踏群来。

● 张佐义

与义胜登北固山

中洲偏北起涛声，负笈登临二狷生。
欲雨楼台云雾合，迎风烟柳鹧鸪鸣。
书空悔作千寻锁，成法应师铁瓮城。
一曲清江向东去，几时甘露到江滨。

孙权初造铁瓮城于江南，今北固楼尚有样板。孙皓千寻铁锁横江，乃亦步亦趋于其祖者也。

无锡吊元倪云林祠

家财散尽未曾穷，作画题诗字亦工。
笔下江山当折带，窗前君子自迎风。
洗天时见狮林雨，一棹犹存焦尾桐。
吊罢仰天回望处，惠山竟在白云中。

应台怀古

落日楼台籋箻哀，连天烽火筑应台。
平沙落雁纷纷下，稻浪熏风滚滚来。
盛世奸臣多误国，抗倭英雄太有才。
江山自古伤心事，留舆今人作梦猜。

明戚继光临海抗倭，此前天台大火，于是乡绅筹白银二千三百两筑城，东西二里余。现仅剩东门应台。

天台谒张氏祠堂吊宋张世杰

子孙辗转到天台，国破人亡究可哀。
两庑尘封残蜡烛，中庭草长没蒿莱。
江山易主三朝尽，日月经天万古悲。
君本幽燕豪侠士，立身立命足崔嵬。

三朝，元、明、清。

上

海

诗

词

62

● 王义胜

题重桂堂集笺注后

昔日不知文字难，轻浮笔力莫能观。

若如去了烂笺注，只读原书或可端。

广富林吊陈子龙

知公忠义足千秋，可惜谈兵纸上谋。

衰世谁人求险阮，长河何处觅沉浮。

文章早读老书版，祭奠又来新墓头。

借问匆匆过路客，细林夜哭有闻不？

七月纪事

七月至苏州观守方族叔盥莲，族叔乃苏州盥莲泰斗卢文炳之外孙，自幼追随，故得真传。赋此，并谢款待。

花中君子气相投，婉转玲珑入钵瓯。

琢玉千条难比拟，真香一段更清幽。

长年呵护劳心血，尊酒纷呈愧厚酬。

白发苍颜应笑我，红莲依旧爱轻柔。

处暑郊野公园枯坐半日

风起炎熇顿爽凉，清晨早出到坰疆。

荷池残败落花朵，樟木滋荣飘叶香。

水上群凫飞翩去，坐中一老息心将。

蜷身枯寂瞿然静，不管蝉鸣若沸汤。

海 上 诗 潮

● 王 云

忆宛陵塔影巷词四首

巷依宣州开元寺之侧，余少居之所在焉。寺，昔乃名刹，千
载文人，多留吟咏。惜今不存，独留残塔。巷乃因塔而得名。

如梦令 春
时忆昔年巷馆。风景四时长璨。春陌鹊蹁跹，
槐老绿新流婉。风暖。风暖。花落飞为琼霰。

点绛唇 夏
自从别离，梦中游溯曾几度。欲归道阻，觉后
人空楚。　　尤念夏时，午阴人缄语。通阡圃，蜩
鸣催暑，邻媪禅香爇。

谒金门 秋
思翻涌。塔影长偎旧梦。秋至草疏清桂蓊。隔
庭传吟弄。　　稚子未明诗用，隔牖喜模人诵。不
闻风过幽巷陇，枝簌花跌动。

采桑子 冬
魔都蜗室冬春复，长念儿居，长念儿居。傍水
花渠，重见在华胥。　　无声碎雪催梅信，一夜芳
腴。一夜芳腴。癯骨胭珠，点就满春庐。

● 丁 衍

砚边偶得作大楷千字文字径八厘米见方

一
楷则难乎能放手，一分之展数年樊。
呕心无所称真谛，未足虚名叩妙门。
奇瑞非常皆透辟，典丝迭复欲迷魂。
践行其事同身健，仰瞻冰轮时隐痕。

二

拒信胡言怪乱神，铁门坎内悟通津。
已经三伏迎秋虎，快意千文结夏人。
寂寂山房尚时习，悠悠大道觅深淳。
风光物态因缘故，勉力安常具足真。

三

求真千字日无题，仍苦逢秋热末逝。
浊浪合流风景异，微言安达气场移。
初心可爱何驱使，极目从新企适宜。
格局而今向高大，指归顺则几周知。

● 金嗣水

自　解

山行遇荆棘，野处有霜风。
烦恼时常在，菩提次第通。
枝头花落地，郭外水流东。
悟道怀庄叟，逢凶思塞翁。

大湾区颂

波涛万顷小艨艟，一片茫茫孤影穷。
跨海奇功惊落雁，兴区大策起长虹。
港深珠澳天机择，欧美亚非生意隆。
龙跃龙潜连两制，同心再造汉唐风。

佳都大厦听经典音乐会

柔弦几许指间吟，聚会佳都赏古今。
一样悲欢无国界，千般善恶是人心。
沙俄柴氏歌行板，华夏陈刚化蝶琴。
老叟不谙声律美，也随仙籁入禅林。

敬贺老诗人莫林百岁华诞

风雨潇潇曾国殇，英姿飒爽着军装。
周旋苏北抗倭寇，横渡长江破蒋防。
散尽硝烟忙建设，归来吟苑著华章。
枫林一叶期颐至，满目青山映寿堂。

● 汤　敏

秋　蝉

凉月秋分诵，流行饮泣声。
拥怀春满意，融洽夏唯卿。
寒露侵枯叶，香河诉别情。
今收明亮翅，明复对谁鸣。

题天鹅照

梳羽衣如雪，歌天舞翼分。
归来揽明月，好去伴浮云。
皓烟因何许，丹霞已自醺。
汝今朱喙启，吾醉忽殷殷。

风入松　黄家花园未成行

未行先梦碧丛林，飘叶落松针。隔河相望繁枝
错，猛听得、鸣啭如琴。何奈园门交锁，系舟谁渡
秋心。　　野花夺路道千寻，浅水木垂阴。分明秀
色成吟意。只消得、清气游襟。白鹤云间相告，檀
园香桂如金。

风入松　题石龙涵芳硕

流芳侵墨读遗衷。庭苑草青蓬。宝尊楼里高云卧，叹芳硕、气象如虹。呼出蛟龙腾越，太湖千载神工。　　似听雷动远隆隆，四海涤丰崇。瘦风透骨于胸臆。真情付、一脉承宗。拳石幽幽无语，斜阳照壁红枫。

● 廖金碧

玉门关吟叹

胡天西望尽沙滩，古垒荒丘空剑寒。
过眼惟余秦月朗，流年已逝玉关残。
应追汉塞嫖姚将，更忆唐朝仁德官。
羌笛寂寥消瀚海，钩沉往事拍围栏。

公元前122年，匈奴入侵陇西，汉武帝派遣霍去病出击，大败匈奴。霍17岁被封为嫖姚校尉，23岁为将军。唐太宗李世民对边疆少数民族采取给之以生业，教之以礼义的德化政策，使之归附。

登嘉峪关城楼

祁连晴雪对昆仑，关塞横陈大漠吞。
古月穿云凝碧血，青山埋骨锁营门。
千杯不老凉州曲，一首长歌壮士魂。
忍见无声残壁垒，徐徐驼影逐年奔。

酒泉怀古

蹄声清脆动吟讴，似见霍兵奔肃州。
飞渡黄沙安社稷，横驱铁马斩单酋。
胡尘已断伏波道，碧血犹存都护楼。
犒饮恩浓人不寐，将军斟酒酒泉流。

霍去病出兵大败匈奴，汉武帝设立张掖、酒泉、敦煌三郡，并设宴犒赏将士。霍将御酒注入城里的名泉，与士兵共饮，遂得"酒泉"地名。

海
上
诗
潮

● 史济民

与诗友试新茶

清怀坦荡可留宾，诗意萦纡景象新。
自古好花延好客，从来佳茗似佳人。
泉声入耳数峰翠，香气浮杯一片春。
谈吐平生应笑慰，得酬知己长精神。

故乡秋忆

最好风光是晚林，飘红樗槭起萧森。
渔樵醉卧隐山色，耕读闲来坐柳阴。
日日平安三代梦，年年温饱万家心。
秋深秋月如秋水，静听村姑夜夜砧。

游南浔

三吴古镇梦中香，霞色悠然入夕阳。
辑里湖丝多宅第，鹧鸪溪畔小莲庄。
藏书楼内乾坤大，封火墙边岁月长。
神会先贤人渐醒，南浔直可作鲈乡。

● 洪金魁

初到西塘

时逢梅雨任阴晴，漫步河边翠鸟鸣。
绿水微波穿古镇，石街窄巷访群英。
西园遗墨平生志，南社吟诗故园情。
昔日渡头依旧在，轻舟载梦向新程。

怀念故乡英都

少小离乡七十秋，儿时念想梦中游。
四邻集市英圩埔，五世祠堂家庙攸。
夏夜吹箫唱南曲，日间上学踢皮球。
当年玩伴若相见，约到村溪共泛舟。

英都，福建南安的一个古镇，我十岁时辞别。

● 周洪伟

海

上

诗

潮

苏 轼

眉山川涌径流东，杰出文星万代崇。
水调轻歌春酒暖，念奴按拍蜡灯红。
逸怀浩气书新曲，铁板铜琶唱大风。
豪放名词由此始，慧心婉约亦相通。

贺 铸

文由武转著辞新，貌寝情长朋辈珍。
侠士柔肠赋青玉，红颜罗袜远芳尘。
满城风絮迷烟雨，千载歌吟惜暮春。
比兴联珠通物理，苹蓝幽索艺日臻。

咏 荷

六月西湖百媚生，三千姑射亦倾城。
暑天胜似凉天好，叶气过于花气清。
骨格高奇难染淖，精神超迈远扬名。
濂溪无怪怀偏爱，宋后文人诗画盈。

观如皋盆景园感赋

或奇或正享玲珑，如诗如画胜化工。
缩地移天盈尺内，承阳饮露小园中。
虬枝旁逸舒长袖，绿叶纷披接顺风。
曾记病梅翻卷帙，龚公心意可相通？

● 施提宝

清明即事

天边旭日逐芳晨，家国安宁又报春。
千古江山千古事，八方风雨八方人。
龙华松柏清辉耀，淞沪街衢遗迹贞。
是处长明灯火地，也无蝇虎也无尘。

清谈诗友雅集

魏晋风流当代篇，清谈七子效前贤。
爱声贯耳醍醐句，德海行舟澎湃舷。
襟抱微言犹碧玉，诗情高格冠中天。
欣然巾帼来加入，顿觉年轻三十年。

海宁观潮不值

东方海晏碧空晴，白石城头江水平。
何故当风难起浪，无端扫兴慕其名。
半庐诗话波涛动，一席清谈气象清。
访得人生三境界，此行休道是虚行。

减字木兰花　浙中武义郭洞古村

明清村落，郭洞风光真不错。如幕环山，天赐双溪云雾酣。　　书香门户，济世传家何耀祖。画里游人，不思归途抚旧痕。

题红枫

一

冷落究何由，经霜气更遒。

素心因梦碎，真意为谁留。

秉节虽无语，披怀敢傲秋。

待凭知己约，一醉解千愁。

二

无争守土功，清气蕴胸中。

霜剪满林锦，曲倾三尺桐。

自谙情不改，谁与梦相通。

恰是高寒逼，秋来竟走红。

闻蝉偶得

一

勇攀高树为谁鸣，笑傲炎阳尽激情。

纵见光明须抵命，放歌何惧毁前程。

二

十七年来土下埋，一朝亮相命犹乖。

言微早识天高远，未肯消沉自敛怀！

三

已忍泥中岁月长，依枝更懂惜时光。

明知款曲无人解，奏响馀生最后章。

● 潘承勇

枫叶红了

碧空暮色雁南还，夕照西峰云雾缠。
远岸沙明双鹭戏，池塘波静独蛙眠。
东篱陶菊闻更鼓，霜月残荷映洌泉。
谁倩秋风逢画圣，染红枫叶染红天。

采桑子　秋光醉眼

长天霜色南飞雁，枫叶如丹，篱菊迎寒，一片
秋光醉眼前。　　可怜空有凌云志，难以登攀，只
可凭栏，望月西窗伴酒眠。

眼儿媚　美景难收

秋夜寒风过江东，群鸟唤晴空。稻花香了，橘
柑黄了，更染枫红。　　眼前美景难收尽，不必郁
忡忡。风光无限，激情四溢，幻化诗丰。

● 范立峰

黄山行四绝句

登莲花峰

今登第一峰，云与我相逢。
忽见云飞去，唯留迎客松。

翡翠谷

波平潭水绿，万竹出风涛。
危石过溪水，途穷不觉劳。

上

海

诗

词

梦笔生花

不是人间笔，仙家昔独摇。
历经风雨劫，依旧插青霄。

西　峡

疑已来蓬岛，人喧鸟不叫。
赤松如我遇，随去怎思归。

● 张雪梅

采桑子　古井

　　谁家深井墙边立，绳迹重重。绳迹重重。隐隐微微、前事渺茫中。　　遐思似水难抽尽，正是秋浓。正是秋浓。寒水香残、叶送往来风。

● 孙可明

砚

文人墨客案头珍，圆润凝脂底色醇。
啼鸟翠山雕万景，浮图拓画集全身。
诗堪解语为知己，石不能言最可人。
久坐品研端意境，茗茶不觉过三巡。

印　章

铁笔神工巧夺天，无关贵贱体形妍，
群儒崇雅镌朱帖，百氏虔诚盖素笺。
凤媚龙狂方寸里，篆玄楷拙案台前。
印章尺幅多增色，助我忘忧度暮年。

清明忆

萧萧雨歇对愁眠，无尽哀思魂魄牵。
碧血中华多苦难，悲歌大地尽狼烟。
儿孙总为亲情寄，山海漫将爱恨怜。
多少英灵无字姓，作诗网祭慰先贤。

云南元阳哈尼梯田

依山顺势云环绕，坡陡梯悬足迹稀。
妙笔神来勾水墨，银锄飞落绣霞衣。
数丛衰草人闲散，万里霜天雁独飞。
积代艰辛开拓史，非遗惊世喜邀围。

● 雷新祥

携外孙女游园

云台花径碧，饮露草虫鸣。
细看低垂柳，间闻流转莺。
蹦高童子傲，旋转马蹄轻。
常乐不知老，舒心享太平。

游舟吴歌

隔水相看陈妃墓，橹声欸乃听吴歌。
轻舟穿月一帘梦，驶向金流融入荷。

返乡喜雨

欣迎初夏黄梅雨，室陋心宽人自凉。
莲花惊红碧波立，杨梅入口齿根香。
归家游子田头坐，求偶群蛙荇底藏。
绿色故乡天地美，犹寻曾钓一方塘。

● 徐登峰

西山行（组诗）

乌鲁木齐西山原是天山脚下一片荒坡……

一

旧雨诚邀到西山，车衢安坦绿回环。
边云漠漠博峰冷，芳草萋萋染碧湾。

二

老念西山草木稀，茫茫砂碛伴朝晖。
而今极目临风叹，绿浪横波暑气微。

三

芳草多情染赤沙，淡烟无意影痕斜。
鸟啼林荫声声脆，百里西山艳艳花。

四

西山林静数流霞，往事如烟忆塞笳。
大漠无垠任刻绘，白云深处可安家。

五

淘金开矿路悠悠，大漠情深起翠楼。
敢拒天山风雨雪，初心不改靓西州。

● 方建平

己亥小暑访寺

前生种慧根，今日拜师尊。
欣撰梦中偈，苦酬方外恩。
会心人有几？传意事无痕。
一点初衷在，染尘何足论。

海

上

诗

潮

75

农友子回国探亲

又践家山约，荣归幸福乡。
黄花妍一路，白鹤舞三场。
馆舍随时靓，人文逐代强。
觥筹齐唱和，思绪接苍茫。

庆祝澳门回归二十周年

彩凤飞濠镜，春莺啭史碑。
桥铭三部曲，莲拥五星旗。
快活年人过，清平乐世知。
繁华双十载，好梦续佳期。

赠马守祥友

晨曦一线东溟起，听汝长嘶赴远征。
万水千山印蹄下，人间处处寄豪情。

● 李文庆

参观中共一大会址

春风小院清如昨，长忆征程几十秋。
历尽沧桑旗更灿，光辉无际照环球。

清明敬谒龙华烈士陵园

惊雷滚滚震心头，烈烈英风壮九州。
血染旌旗鲜万里，魂凝淞沪铸千秋。
艰难追梦河山美，苦乐牵怀家国忧。
浩荡江涛催奋进，高歌义勇慰同俦。

重观开国大典感赋

星开笑靥灿长空，旗耀河山飞彩虹。
礼炮隆隆震寰宇，征途历历忆勋功。
天安门上宣言壮，义勇歌声热血红。
激荡东风凝众志，醒狮吼处万年雄。

● 张忠梅

纪念八一南昌起义九十二周年

义举南昌开纪元，人民军队创新天。
赴汤蹈火丹心碧，跃马横刀战旆鲜。
砸碎牢笼拯华夏，迎来旭日照山川。
青春九秩雄怀壮，血肉长城万代坚。

瞻仰人民英雄纪念碑

一碑雄矗入云端，百载风烟历历鲜。
奋起英豪拯家国，拼将热血染山川。
神州浩气传千古，赤子丹心动九天。
亿万人民恭祭日，又听鸣笛启航船。

写在五四百年纪念日

百载风云心际翻，声声怒吼震长天。
满腔义愤斥强暴，一片衷心捍主权。
公理昭彰在何处，睡狮猛醒启新篇。
抚今追昔求真谛，国格须凭内力坚。

海

上

诗

潮

南宗孔庙遣兴

日夕临家庙，葱菁掩映深。
读碑迎圣学，登殿向儒林。
北像护南渡，鲁堂生越吟。
廊墙仰遐迹，总有愧惶心。

重游曲水园

出城含晓色，独觅旧游踪。
池面连碧藕，堂阶斜白松。
橹鸣当倚阁，石叠可登峰。
一别犹柯烂，依微却绕胸。

石湖秋行

登桥独凝目，森爽送湖风。
孤塔临绵渺，连山入昊穹。
堤横垂柳遍，阁起曲廊通。
旧圃今知否，长教忆范公。

访青藤书屋

巷深岂可没钦嘉，遥拜门前有众葩。
寄意诗文只尘海，呕心字画即生涯。
孤寒难夺身犹直，狂狷常怀气自华。
粉壁园池手书在，喟然伫看老藤斜。

● 陈建滨

学画偶题

闲来百虑不关身，浪遣丹青染劫尘。
每是宜浓宜淡处，翻思若有若无人。

夜宴偶成

十二阑干夜月明，蓬莱殿上酒如倾。
新翻白雪催红袖，浪掷黄金劝玉觥。
抵死鹍弦秋寂寞，谁怜虎略意纵横。
一箫一剑人间事，两负箫心与剑名。

《楚辞》："其为阳春白雪，国中属而和者数十人而已也。"

虞美人　送春

春思未若春行快，又负桃花债。春笺也拟寄春
风，却怕闲愁偏惹画桥东。　　三千往事蓬山隔，
只把狂歌拍。唱馀金缕送春归，不敢相询红袖可
曾非。

宋·吴潜《南柯子》："有人独立画桥东"；唐诗《金缕衣》：
"花开堪折直须折，莫待无花空折枝。"

● 吴　梦

咏　梅

年前偶见台胞小诗咏梅，中有"探得阳春消息近，依然还我
作花魁"云云，不禁哑然。乃次韵三首，以为梅花正名。

一

雪痕销尽绽红梅，玉骨何妨寒意摧。
纵报东风犹不嫁，几曾弄色慕花魁。

二

从来处士许寒梅，笛里三声诗更摧。
一自成尘清气满，莫教春榜占花魁。

三

冬风吹放万枝梅，千里冰霜怎不摧。
剪雪成春侬自笑，输心岂肯作花魁。

● 王永明

咸宁夏兴（八选四）

一

淦河七月草莘莘，幕阜新晴翠霭真。
日逐清风舞庄蝶，蝉鸣碧树解陶巾。
空巢老伴期游子，留守儿童待绝尘。
何以桃源方外地，青山绿水不留人。

二

入夏咸宁暴雨多，摧城压郭注滂沱。
青山座座从头洗，绿野畦畦赤足过。
半世追求成廓落，十年老病耐销磨。
惊雷掣电驱如晦，笑指虹蜺落满坡。

三

夜深冰魄透些凉，墨玉空明北斗长。
雁影悠然趋水殿，蝉声喑咽入炎方。
猖猖桀犬非尧日，草草金乌落羿乡。
我亦人间一过客，平生几度见沧桑。

四

悬居大厦十三层，薄暮侵晨伏雨频。

众水争流出幕阜，群山竞秀动苏辛。

初心不许青春老，夙愿由他白发新。

休道人人嫌酷暑，我凭百倍长精神。

<small>幕阜，幕阜山脉，在湘鄂边。</small>

● 秦史轶

己亥处暑后六日

一

驱蚊摇扇送闲愁，假寐萦回过九州。

忽忆儿时尝逐马，何期今日拜牵牛。

露荷点翠频青眼，风竹染霜疑白头。

囊透照空哀病膝，听蛙更尽又登楼。

二

渊谷流云凭醉眸，飞鸿数点向高楼。

挑灯古趣添诗意，散发深情弄芥舟。

蛰伏暑长怜汗滴，蝉鸣昼短惜花愁。

满街落叶缘听雨，一夜西风已入秋。

● 王　惠

一剪梅

应是情长作久邀。三寸斜阳，满树风标。碧纱橱外问萧娘，素手清辉，新案谁描？　　宴罢归来酒意消。桂子方浓，月色还娇。且将陈句换秋声，一段虫鸣，几处芭蕉。

蝶恋花

同乡校友小聚，因赋。

浓翠滴时芳骤歇。梅子初肥，细雨层层叠。愁绪浅深随草没，重楼曾指金台谒。　　几度风烟轻离别。何计年年，更向蓬莱阙。莫笑樽前生白发，刘郎长寄西江月。

● 曹雨佳

咏初唐绢衣彩绘木俑

千年竟去也，觉梦是何朝。
彩帛灵机织，蛾眉巧手描。
妆成犹自媚，人物俱相凋。
众说身前事，罗衣独寂寥。

清平乐　观电视剧法门寺猜想

西风过处。策马斜阳路。恨别知心追暮鼓。风铎铮铮欲诉。　　胡沙吹尽秋寒。茶凉犹念君还。缘定千年不过，修来三世擦肩。

● 陈籽澐

念奴娇　秋夜

蝉鸣雨歇，夜阑星空霁。黛瓦瑕壁，轮玉银辉光射处，水殿风来荷碧。碎语花间，白瓷琼酿，满苑醪香溢。素娥无赖，与谁熏染秋色？　　聊想万里家乡，凉蟾依旧，萧瑟青芜国。廿载晋园多雅客，夙就墨花吟笔，荏苒归期。今逢酬宴，先作三恭揖，千舸遥望，唤君同醉肴席。

采桑子　离别

　　窗檐谁挂瑶台镜？尽洒柔光、尽洒柔光。愁煞离人，不敢举头望。　　席中怅怏吴江客，佯笑衔觞、佯笑衔觞。轻唤檀郎，容我醉时傍。

● 张　静

茶　梅

一
万木消沉不吾慵，北风摧煞乃从容。
何须与尔争颜色，一袖风花立晚冬。

二
海红岁岁告春寒，万朵寒酥枝上欢。
恰与梅浑绽清绝，频吹邹律过叠峦。

三
夜扫寒英待北风，汝花凋尽吾花浓。
刘郎信手栽千树，又借茶梅一点红。

重阳登神农架有感

登高欲向北山行，菊事参差已半黄。
眈目一排斜雁去，回眸几度夕阳凉。
姚黄魏紫君不见，溪上清流吾自藏。
坐看秋风嬉落叶，人生此际笑沧桑。

● 卢　浥

浪淘沙　呈外祖

　　岁暮百思增，砥砺前行。今朝华诞彩灯盛。更有荣衔赐耄耋，秋日峰青。　　风卷笑相迎，忆昔峥嵘。已然年少绶章赢。风云毕生中国梦，遑说功名。

海

上

诗

潮

浪淘沙　法国戈尔德

天地旧梳妆，半壁南乡。黄鹂翠叶立明窗。夏日繁花深浅处，徐步街坊。　　烟霭又斜阳，黛紫茫茫。石城曲巷旧人旁。往日卜居巴别塔，霓裳梦长。

● 顾　青

汕头旅次

若是衷情未可期，莫如尺素记幽思。
榕江浩渺归南海，白鹭依稀唱旧时。
去去潮声催复近，千千心结启何迟。
长竿静钓烟波里，一片云深隐陆离。

岁末遣怀

玉练银钩着远林，瞪然梦里几相寻。
闲研案上松涛墨，懒拂窗前焦尾琴。
红蜡幽人消永夜，孤舟枕雪卧清浔。
由它绾系千江事，信得春回付一吟。

● 时　悠

春日闲兴三首

一

碧水凝香酒一樽，风将草长掠梅恩。
巡檐旅燕惊春俏，载笔青笺更过门。

二

碧纱侵雨几葱茏，觅得春衣点半红。
蝶舞翩跹逐谁去，抱风疏影向云中。

三

茅檐前雨澹其姿，云卷风来更自持。

粉雪牵香系春驻，沂浴当歌一满卮。

● 梅莉莎

乌夜啼　花枝修

蝉纱透影南楼，玉枝修。无奈花开花落几经秋。

风儿好，风儿恼，弄人休。幸有孤星相伴月还羞。

清平乐　雪窦山

凌风雪窦，纵览千峰秀。青雾渺弥霄路陡，飞瀑翠林山后。　　幽幽听雨禅楼，娟娟碧涧银钩。谁住白云生处，弄弦吟咏春秋。

● 陈剑虹

盐官观潮不值

仲秋候汛向江边，不遇鲸波意在天。

千仞潮痕佳韵里，一湾静水画栏前。

谢公吟处碑难见，武肃治家书尽贤。

若借惊涛强拙笔，诗情逐浪醉年年。

牵牛花

仲秋之时，偶遇牵牛，其花形如喇叭、色似云霞、薄若蝉翼，柔茎缠绕，甚喜之。后知爱情永固乃其花语之一，心下感动，赋得绝句一首。

春引相思牵蔓成，柔肠晓露孕秋情。

一朝集取东风色，倾诉无声胜有声。

海

上

诗

潮

祭叶公元章

满纸哀辞乘侣鹤，潇潇斜雨泣恩公。
九回肠里飘零客，流叶诗中澹泊翁。
不老师魂情味在，一生吟骨古贤同。
千行写尽悲难抑，断续喑声断续风。

九回肠、流叶诗，叶公元章的诗集名。

● 郝金堂

纪念上海解放七十周年

天降神兵向沪东，尽除败叶劲风中。
吴淞亮剑降幡白，月浦捐躯炮火红。
带甲华灯眠冷漠，伯劳翠柳唱群雄。
今朝又是幽香放，梦逐当年味不同。

伯劳，是上海地区的一种常见鸣禽。

泸沽湖

南过云岭到西山，今又来游亮海湾。
静静蓬莱如玉镜，巍巍格姆似云鬟。
女儿国里杨花艳，慈母湖中涕泪斑。
推艑喜看土司岛，辉煌旭日正当舡。

泸沽湖位于滇川交界处，俗称亮海；西山乃昆明城西太华等
三山的总称；湖中有三岛，誉为"蓬莱三岛"；格姆女神山，湖
畔最高峰，状似女神发髻。泸沽湖亦称母亲湖；土司岛曾是昔日
土司的水上行宫。

● 何全麟

董岭晨曲

青青修竹满山崖，淡淡晨熹董岭佳。
燕雀穿梭院前过，稻花香里跳鸣蛙。

山中夜色

群山一色渐朦胧，时有流星划碧空。
鹭鸟难眠啼夜月，如痴如醉独吟翁。

浙北大峡谷

环抱群峰野竹林，嶙峋怪石气萧森。
岩间瀑布连天落，岭上浮云接地阴。
青翠山光愉鸟性，幽奇潭影净人心。
悠悠万籁此时寂，恍若普陀传佛音。

● 黄仁才

桂

仙客满园栽，枝头金粟堆。
秋风不经意，挨户送香来。

梦笔生花

巉岩生一松，风雨舞云峰。
日照轻烟淡，月阴徽墨浓。
瞬间藏倩影，难得露芳容。
几欲抽身去，回头莞尔逢。

梦笔生花，黄山景点名。

回乡纪事

梦萦今赴故乡游，满目春光万象收。
燕子桃花三月雨，腊鱼苞谷去年秋。
顽童戏耍新鞍马，老妪闲聊旧阁楼。
款我佳肴皆市货，幼时况味却难求。

腊鱼、苞谷，悬挂于梁上或檐下的去年秋收物。

● 李震清

游罗店古镇

重登大通桥
又见春来苔绿身，亭桥对立沐晨昏。
游人拾级寻新乐，归燕衔泥入旧门。
水里自将尘世照，石间尚有岁年痕。
今宵与尔共长忆，无酒无朋亦醉魂。

聚喜堂
宝山寺北古街西，聚喜堂前多咏题。
彩榭飞檐大庭院，闲鱼奇石小池溪。
客来廊静观书画，琴伴茶香品果梨。
拂面春风吹更好，罗溪河畔绿杨堤。

看龙舟
朝霞辉灿彩旗翩，乘着华舟锣鼓传。
淑女迎风舒广袖，骁兵飞桨喊云天。
春光得意佳人笑，端午难望屈子还。
回首繁荣歌舞地，美兰湖上荡龙船。

美兰湖，大型人工湖泊，位于宝山区罗店古镇，每年端午，都会在湖上举行龙舟表演。

● 楼芝英

登三清山

少华疑是天涯路，索道悠悠穿雾航。
丘蕴松涛声远近，云遮山岭色阴阳。
时来几许飘零雨，犹觉三分自在凉。
怪石奇峰收眼底，还携夕照漫青岗。

三清山，又名少华山。

读谏逐客书有感

斯假以秦大业为重，巧以对比示逐客之谬误，环环紧扣，终使秦王纳其谏，妙哉！

智勇雄才唯通古，巧言利弊动宸襟。

君王纳谏归逐士，主客相成大业心。

通古，李斯字通古。

一剪梅

晨起闲看梅雨柔。点滴散珠，漫浅清流，随檐织就一帘幽。润竹萧萧，伴笛悠悠。　晚倚绮窗听雨稠，一声花落，一缕清愁，倦随天泪将心囚。梦也慵慵，情也休休。

● **钱海明**

伏天入亩中山水园

苦蝉旧调惹心烦，躲进林园得自然。

蔽日长廊幽兴地，和烟筱榭古风天。

两翁闲弈定方寸，一曲昆音唱百年。

巧借申江几分岸，随风放目水油油。

亩中山水园，为世博园展示中国庭园的袖珍林园，位于浦江南岸。

仲春乘京沪高铁返申

铁龙堪夺长房功，四海农工一快同。

北国春风芽柳嫩，南湖秀色女桑葱。

懒笼京味诚无偶，素鸭申肴别有工。

锦绣山川驹隙过，和谐万里竞东风。

长房，东汉术士费长房，传说有缩地术；懒笼，京味肉卷，一屈一卷，食时切断；和谐，指高铁和谐号。

鹧鸪天　记己亥惠山钱王祠祭祀

雨后清明晓日融，鲜花礼乐会同宗。梁溪赵宋迁移策，惠麓钱王建置功。　追远祖，喜今逢，后生辈出照星空。将军归老雄风在，一代青年气势虹。

将军，指原副总参谋长钱树根上将，80岁携夫人参加祭祀；青年，指钱氏堠山支获奖青少年。

● 翁以路

白　露

北斗柄渐西，风吹蝉唱低。
梧桐见落叶，付与素秋凄。

己亥中秋

中秋又送桂香来，岁月如歌梦里回。
起舞轻盈转朱阁，始知月貌为情开。

闲　坐

东头旭日西头雨，变脸孩童九月天。
烦躁雀儿无去处，转晴点喙露台前。

● 吴祈生

进博会感怀

一张红帖起东风，八面宾朋展笑容。
有港申江飞柳浪，无山胜地出霞峰。
青青四叶草新色，密密环球客醉酏。
共话商家连大路，宇寰腾跃九州龙。

踏 青

桃月游情喜出门，好风结伴入乡村。
久垂田野晴光秀，今得园林积翠喧。
一抹霞飞开柳眼，三声鸟唤问花魂。
东君与我同心赏，几缕红香带笑温。

● 叶文丽

天目山源禅寺

夏雨濛濛山绕烟，真心合掌拜灵仙。
云飞云锁国师塔，水静水流轻碧莲。
净手神池清洗手，听禅古刹感通禅。
巍巍宝殿僧钟起，一缕阳光破雾天。

收看天安门国庆观礼有感

守频观礼傲英豪，方阵声来八月涛。
七秩钩沉醉空位，百年雄起待儿槽。
强军欣有东风箭，兴国还同绛帐韬。
谁欲花车九州览，盘空飞鸽碧云高。

空位，指车上空缺的老一辈的位置。

八声甘州　浦江渡

忆当年渡口出行难，一水隔西东。怕天沉雾锁，喧涛急水，十里江封。相望棚房石筑，咫尺去无踪。此刻云开盼，两岸心通。　　今日泛舟恍梦，看竖琴几架，斜拉弦弓。更弛翔隧道，地铁探龙宫。约随行、人间同访，莫讶然、桑海百年逢。明珠炫、引千帆过，何惧飙风。

● 张燮璋

菩萨蛮　桥梁专家李国豪

浦江两岸今飞渡，长桥悬索神仙助。喜见小乔妆，大乔披嫁裳。　　晚年心意足，桃李成乔木。江海正泱泱，画虹来日长。

西江月　春浓

吾爱吾庐春色，柳丝梳理桃花。古筝细细逗流霞，旋律春风录下。　　蝶舞蜂忙为伴，匆匆燕子回家。半杯即醉任由他，天地悠闲潇洒。

定风波　闻梅消息

销尽繁华着素装，未睁柳眼舞偏忙。漠漠云阴心耐冷，争忍，探春一树释迷茫。　　收拾闲愁人未觉，闻乐，横斜纵笔若华章。顾影传情安在否，斟酒，透香诗骨共飞觞。

● 张永东

春日早行

晨光照渐明，林鸟杂相鸣。
间地紫花缀，向天高树晴。
浮生闲日少，尘事暂时平。
恐负青春意，姑苏招我行。

春日偶成步葵师诗韵

独坐春阴不出游，闲时由我懒筹谋。
读诗析句拜工部，览史解经尊左丘。
薄酒暖肠神奕奕，苦茶润肺兴优优。
偶闻杂鸟啼窗外，才觉新芽点树头。

赠友人

俯临闹市隐江东，岁月优游养玉容。

书读古今长夜彻，客迎南北热茶浓。

偶然掌勺试新菜，随意吐文惊卧龙。

十丈红尘好藏迹，江湖相忘更相逢。

● 张聪芬

题紫竹庐·心画集

痛哉！老伴于今年九月九日驾鹤西去，为纪念陈宝荣遗著《紫竹庐·心画集》出版，为其中国画题诗。

题山高水长图

山有水增秀，水依山更清。

松风飞翠鸟，画意韵中明。

题叠翠飞泉图

叠翠山峦静，飞泉日夜弹。

诗仙如在世，新作响吟坛。

题春归梅落图

冰姿远俗尘，娇艳怯迎春。

一段繁华梦，化为天地新。

题采菊东篱图

紫竹园中菊，凌霜分外香。

东篱陶令志，荣也内心藏。

● 张苇菁

读苏轼渡海帖

健如金石派，海鸟渡衔填。
错落流星集，珠连散逸篇。
淋漓宣郁郁，沉著出芊芊。
笔意观提举，他年玉局仙。

诗思二首步胡老师韵

一

御毒龙为制，逃禅未使空。
诗思名物外，信步学庭中。
词话三重境，观修四大丛。
钢弦挥一手，心接九霄鸿。

二

诗思拨云开，灵株渡海栽。
方壶丰瘦岛，阆苑育仙才。
结印莲花座，合参金粟台。
俄然飞华霍，叹咏绝翔埃。

● 郑荣江

度 暑

朝闻溽气已相侵，夜望浮尘迟滞阴。
恍尔难眠愁黯黯，冥然兀坐汗涔涔。
高蝉密叶直高喘，眷宅无风何眷歆。
一剪烟云一时节，掩门易水索诗吟。

夜堂枯坐有感

黄梅雨意此番深，一片苍茫现陆沉。
凝望江天非欲怨，凭依庭户却行寻。
焉能白首叹堪弃，未敢红尘愁不侵。
筑梦千重睡还醒，风来万里水涔涔。

己亥端午

愁心穿越两千秋，夜思汨罗江畔浮。
宵望九歌悲自悟，风吟天问好谁求。
粽香争秀此时梦，竞渡龙舟别处忧，
纵观前朝三百代，牵裾总被曳裾仇。

● 郑宗健

听昆曲王子张军讲座偶感二则

一

粉墨情盈古戏台，宫商鼓板总萦回。
红桑碧海吴骚远，继往弦歌共未来。

二

调经水磨响玲珑，雅曲丝桐意韵丰。
千古风流唯四梦，临川不逊老莎翁。

江湾公园

蟠曲虬江十八湾，风光此地足斑斓。
点兵台下申情涌，立帜桩前弓影还。
一步登岩真壮士，三通击鼓本红颜。
于今盛世思源处，良将功名未可删。

公园设计以南宋名将韩世忠为主题，韩曾屯兵于此，园内有点兵台、旗桩遗韵、一步岩、鼓仪红亭等景点；红颜，指韩夫人梁红玉。

● 高　刚

海盐观潮不值

涛声别梦逝经年，忽掷诗心向水边。
微命也穿千仞浪，俗魂曾垦满霞田。
欲温潮汛无穷涌，却见江头分外平。
不怨信君今负约，人宁海晏是天贤。

祝　福

国庆庆典四儿童领唱"今天是你的生日，我的祖国。清晨我放飞一群白鸽，为你衔来一枚橄榄枝……"

童声清脆绕长空，万寂守听心意通。
一自诗经风雅起，从来祈愿古今同。
懂人白鸽护宁国，解事橄枝携畅风。
最赞此音花朵唱，无邪祝福醉苍穹。

登世界第二高楼上海中心有感

登高远望引神驰，摩厦穿空似梦奇。
翻上云头留足迹，摘来星斗亮心池。
最惊故里烂泥地，竟立人间锦绣碑。
今览八方天下景，沧桑正道写雄诗。

余旧居浦东烂泥渡路，即现在上海中心脚下，此路已无迹可寻矣。

● 马树人

致姚师兼步教师节自嘲韵

犹忆隔洋吟得诗，荧屏夤夜扰严师。
指瑕多句怜孤陋，偶道全联喜自痴。
揖别燕台携妙笔，欣回院圃咏芳枝。
半庐缘结常垂念，一片冰心明月知。

燕台，指战国燕昭王筑黄金台广招天下贤士，也称贤士台。

海宁观潮不值

身至盐官情亦至，心期浪涌水连天。
疑看越岸风涛息，羁思钱塘江海边。
皎皎宵升下弦月，汤汤波阔过帆船。
怅逾十八观潮日，不守时行未有缘。

读柳如是传

曲江折柳忒心偏，望断秋波亦自怜。
未许浮生少游马，愿擎故国伍员鞭。
寒风愁播忽来雨，冷月残辉空奏笺。
今古君臣无数对，两千年后总连颠。

● 周櫟芳

读齐桓公下拜受胙有感

桓公受胙宠佯惊，下拜天威臣子情。
小白诚惶诚恐态，奸雄始作史讥评。

读司马错论伐蜀

司马同论奏惠王，主张帝业尽周详。
攻韩夺鼎天不欲，伐蜀开疆国可强。
后策三资良益得，前谋九域恶名扬。
举兵南下吞沃土，从此东征龙势狂。

读邹忌讽齐王纳谏感怀

比美三言入耳悠，夜思诸答各缘由。
阶前邹相如是说，庭上威王匡谏求。
霸国高论引朝贡，闺房小语系云舟。
自知最值世称颂，终古几人兼此优。

● 陈 波

成都探亲旅

几番热血涌心田，足迹寻踪攀蜀巅。
姊妹萦肠承嫡脉，弟兄照胆续亲缘。
先公报国上三线，后辈腾龙聚四川。
最是真情能醉酒，锦官城里乐团圆。

自1964年起，国家号召"好人好马上三线"，在中西部建设工矿企业、科研单位等。当时妻舅任上海市带钢厂（特型钢材用于航空）支部书记，一家七口随全厂职工内迁至四川省江油县。

川旅有得

峨眉金顶望云悠，九寨萦回蜀道遒。
又到堂前拜诗圣，难离祠后下渝州。
化鹃啼血乾坤让，治水都江父子谋。
老岁闲观尖浪履，晚来迟悟乐山羞。

堂，指杜甫草堂；祠，指武侯祠；化鹃啼血，借"杜鹃啼血"之典。

● 宋忠鑫

游龙王庙行宫

河堤柳丝翠，徙倚旧行宫。
神殿旌旗展，龙池百舸空。
前朝澄霁里，闲者晚霞中。
盛世十全事，而今尽入风。

乡村初秋

雁影溟蒙鸣唳细，淡云瞬变早来霞。
凉风已染前庭草，微雨轻寒满地花。
树艇隔河呼鸭鹜，小园依岸扎篱笆。
静居乡间忘尘世，少有俗声归我家。

无 题

飘零对镜鬓成丝，今夕心情犹昔时。
倩女素衫曾拭酒，红颜团扇旧题诗。
芭蕉窗外身同瘦，香篆炉前泪共垂。
若有此生人问讯，苦甜只合自家知。

● 张兴法

己亥中秋

锦绣文章苏子篇，每逢佳节共婵娟。
纵然圆缺阴晴日，只在词人笔砚田。

● 王德海

拜谒忠烈祠

香炉峰下国魂碑，驱寇捐躯世永垂。
正气岿然炳青史，复兴华夏洗伤悲。
此祠是国民党为纪念抗日阵亡将士所建的烈士陵园。

参观领袖故里

韶山之水梦中牵，海上长风故里连。
半瓦半茅平舍屋，一塘一洞绿阴田。
巨人伟岸擎天柱，功业英名谱史篇。
敬献鲜花千万朵，广场瞻仰誓言宣。

满江红　观人民海军华诞海上大阅兵有感

琴岛苍茫，军舰上，红旗猎猎。刀剑亮，穿空
银燕，铁流云接。临水核潜天海阔，拂云航母来宾
阅。统帅令，列阵耀星空，英姿勃。　　甲午耻，
华夏血。民族恨，军魂崛。泰州从头始，吴钩忠
骨。浪卷千寻风雨骤，星移七十光阴切。新航程，
逐梦海深蓝，中华越。
泰州白马庙，是中国人民海军诞生地。

海

上

诗

潮

诸暨五泄

崇山峻岭入云端，一水五冲飞瀑湍。
薄雾胜纱神莫测，双狮争壑戏犹欢。
珠帘风动百寻艳，烈马奔腾千古叹。
出海蛟龙游峡谷，清莹湖面泛波澜。

绍兴安昌古镇

三里老街河道横，水乡特色具风情。
拱桥座座游人颂，社戏台台倩女声。
婚俗馆中看典雅，河湖船里把亲迎。
千年古镇换新貌，质朴纯真无浪名。

清平乐　西施故里

殿堂朗朗，公众抬头仰。绝代佳人存塑像，书
圣浣纱悲壮。　　西施故里千年，山青水绿绵延。
游客留连崇敬，缅怀救国婵娟。

● 沈钧山

苗寨午餐

砖木楼群集涧旁，色皆呈赭映山苍。
靓妆银饰芦笙伴，宴乐旋鸣味美乡。

浦滨宵咏

炫晃琼都海上浮，流光溢彩靓无俦。
一江纤曲荧华浪，两岸参差璀璨楼。
斜拉索悬银汉撒，灿妆轮映艳波游。
瞥闻明月花枝鸟，喜乐何曾识苦愁。

登上海中心大厦

人生奋进路茫然，偶尔跻身步顶巅。
四瞰群楼齐仰闪，一持寡欲未飘悬。
贴波爬动船如蚁，攀霭穿行我胜仙。
毕竟还思平地乐，此心何苦恋高天。

● 张道生

己亥中秋夜

东海冰轮缺复圆，骚人思绪欲飞天。
常怀揽月从龙意，偶谱游仙梦蝶篇。

麒麟洞

黔山寂寞锁氤氲，古洞清幽住将军。
少帅统兵三十万，终生陪伴一红裙。

游贵州十日，于贵阳黔灵山公园寻到麒麟洞，抗战期间曾关押过张学良将军与赵四小姐。

梦 天

夜宿深山梦幻新，御龙驾凤摘星辰。
广寒宫废姮娥老，仙女座兴芳酒醇。
天上琼楼凉似水，人间广厦暖如春。
几番回望神州路，浪漫浦江忆故人。

● 张宝爱

鹧鸪天 衣食住行话沧桑

一

曾记当初少服装，衣衫单调损风光。造型呆板非时尚，颜色苍凉仅墨黄。　齐奋斗，历沧桑。红颜白发着霓裳。缤纷五彩仪容秀，大美家园百世芳。

二

昔日提篮心里愁，转悠半晌锁眉头。菜场鱼肉皆凭票，货架鱼蔬常断筹。　　天地转，物通流。惠民举措润田畴。一年四季新鲜货，品种齐全亮眼眸。

三

犹记当年造屋难，草遮土叠把身安。严冬酷冷常惊颤，炎夏高温总失眠。　　圆美梦，改乡观。高楼大厦遍家园。厅宽室雅新居住，福降人间仙境攀。

四

记得曾经行路难，穷乡僻壤惹心酸。羊肠小道多艰险，往返名城似上天。　　翻史册，换新颜。航空高铁顺风船。飞天入地随心走，快捷优民世领先。

● 祁冠忠

舷边吟

一

游子随波闯四方，青春伴浪苦甘长。
壮怀不负平生愿，更以心歌绘锦章。

二

船头高剪浪花浮，远望波涛带月流。
忽见佘山灯闪闪，一腔情致引心舟。

三

余晖映海满天霞，惯看浮沉酒兴赊。
啸傲风云寰宇外，船楼容膝便为家。

四

海轮犁碎满天星，浪拍船舷似迅霆。
一路高歌添一带，共赢友谊史书铭。

五

流光易逝我何图，国在心中人不孤。
破浪乘风三百六，激情慷慨伴征途。

● 姚伟富

旅欧寄语

亲人相约赴华沙，游览他乡似到家。
儿女随行扬正气，夫妻结伴品清茶。
身临山水情难抑，心越云天影莫斜。
时代潮流拦不住，庶民期盼大同花。

采桑子　旧照印记

老来常托儿时梦，漫步船舱，满目机床，灯火
辉煌日夜忙。　　而今喜看辽宁号，驰骋疆场，承
载希望，无限深情忆吕梁。

吕梁山舰是我海军最早的专用修理舰，原为美国援蒋军舰，
后由我海军接管，1951年10月改名为吕梁山号。父亲姚金华
1949年6月至1953年3月，曾任以此修理舰为主体的海军上海
流动修船厂车间主任。

鹧鸪天　致香港友人

风雨飘摇起乱云，明珠无奈正蒙尘。眼前黑道
招天怒，背后阴魂引火焚。　　重洗礼，莫沉沦。
隔河相望唤新人。心连华夏同甘苦，迈步长征为
子孙。

香港、深圳仅一河之隔。

● 余致行

德天瀑布

峰剑破开银汉堤，雪霜万丈泻瑶池。
山崩海啸欲聋耳，凤舞龙飞狂戏肢。
日砚月台云笔画，嶂墙岩轴国图垂。
嫦娥遥见惊眉目，婀娜香妃追玉肌。

渠洋湖

湖镜行云月剪绸，峰峦入海浪推舟。
百寻彩岫壶中色，十里锦廊天外秋。
钟乳吐山心语出，玉屏拔岸墨芳浮。
风情无限碧波去，直与漓江一样流。

明仕田园

碧峭嶙峋雕玉横，广寒天斧削难成。
星槎爬岭走霄殿，娇黛沐湖描镜琼。
崖幕莺台歌万壁，云楼嶂宴醉千舷。
缘溪花草牵行足，出世桃源两岸迎。

● 古开烈

赞华成艺雕

化腐余精制骇疑，本珍贵淬琢瑰奇。
艺雕弥勒渊何出，双色岩桩赖匠师。

过炳华系华成艺雕创始人，作品曾获 2016 年"国艺杯"金银奖。

游武夷山大安源泰平洋水上广场

崇山峻岭冈坡长，时有熊猴坂道望。
一色天光浮影在，伊人釐笑水中央。

上　海　诗　词

品武夷山后源村稻花鱼

青山秀水坂田乡，稻壮鱼肥梦断肠。
越岭穿林岗舍闪，卸鞋脱袜猎渔忙。
慢炖徐火鲜芳嫩，烈焰生烹锦鲤香。
须忖箸飞喉鲠骨，漫品方觉味幽长。

● 朱强强

龙岗暑日

峡谷白云连碧空，山峦翠竹回玄宫。
应怜夏暮溪泉急，能懂秋初枫叶红。
惬意人成三春鸟，怡情天合九冬风。
唤来胡核小箩斗，知了清茶明月中。

杭州市临安区龙岗村，山高溪多人少，"吴越古道"尤胜，盛产小核桃，古称胡核。

阳山坞

树绕农家不见门，风光几度远红尘。
溪边峡上一天景，山里云中两地春。
小径听蛙三面鼓，短亭看草四周茵。
丹青落日往来鸟，水墨炊烟归去人。

云栖竹径

红枫霜打小书笺，翠竹风吹长手卷。
花落溪流三分醉，鸟飞云散九成仙。
客来尽去高山上，僧往都经古寺前。
不忆杭城明月夜，只看梅坞艳阳天。

过金泽

七桥带水串成珠，一路朝天分了湖。
墨客闲聊道玄画，渔家细数石栏图。
元前相府古禅寺，明后衡门今斗枢。
霜落人看雾遮月，风吹鸟听浪摇芦。

道玄是吴道子别名，金泽曾有其画；石栏乃依赵孟頫画的雕石"不断云"；斗枢，北斗第一星，喻"路引"。

● 刘绪恒

合唱团排练

中外美歌心际藏，轻柔雄厚各当行。
回声婉转哼鸣短，三叠忧深余味长。
群马奋蹄宜疾速，游丝微举戒张扬。
风生碧海云推浪，情满丹田韵绕梁。

《回声》，欧洲合唱曲，创作于16世纪；三叠即《阳关三叠》，中国古曲，后改编为混声合唱。

听哈恰图良交响音乐片断马刀舞随想

中亚原深忽转凉，马刀急舞向苍茫。
琴音峻峭金声裂，簧管清癯奇味扬。
侧耳聆听华彩色，啸吁不掩旧心伤。
拨弦轻弄小舒展，风卷云残过大荒。

听勋伯格弦乐六重奏升华之夜随想

早年勋伯未嚣狂，一段柔歌听抑扬。
烂漫音诗融肺腑，绵延旋律搅幽肠。
和弦悸罢心初暖，复调清回月有光。
袅袅霏霏归逸处，升华之夜不彷徨。

勋伯格为美籍奥地利作曲家，西方现代主义音乐的代表人物之一。

● 马双喜

登南通狼山偶作

峰低壑偃湖，论道岂能孤。
虹缀千层叠，霞飞万象殊。
晚屏浮岳翠，夕照满江朱。
潮浴圆光蔚，星遥隐楫夫。

"圆光蔚"，太阳的别称。

大美吴淞

昆仑之水向东流，登眺粼波涌未休。
汽笛惊飞凫远逝，风帆伫立鹭长留。
苇敲鼍鼓游鱼急，菊染霜寒促织悠。
我亦滨江桥上客，寄情入画语千秋。

人瑞乡

海阔瀛洲远苇藏，风光摇曳近梅香。
学宫西府书声朗，禅寺南鳌梵盘扬。
聚合陔坡羊兔跳，集群湿地鹭鸥翔。
翠篁催动弥清韵，人瑞天存识寿乡。

陔，田间的土岗子。

● 季　军

七秩芳辰祭英雄

一柱擎天屹九州，怀恩勒石祭风流。
芳辰凭吊先贤事，薪火相传壮志酬。

港珠澳大桥

国人智慧果无穷，从此零丁海陆通。
今日我来兴起处，驱车也探老龙宫。

海

上

诗

潮

劳模杨怀远

一根劲竹两头颠，担起乾坤卅八年。
学习雷锋真善美，迎来春色漫无边。

● 冯立新

鸳鸯溪景区前就餐（新韵）

沟壑纵横景翠微，武夷揽胜秀成堆。
篱笆院内农家乐，花径柴扉酒肆开。
架上瓜蔬鲜味美，池中鹅鸭佐餐肥。
休言僻壤布衣女，都是烹茶煮酒才。

白水洋冲浪

白水洋奇壮大千，平滑巨石软如棉。
逐波冲浪瑶池雪，极目撩云锦绣巅。
玉带系山山泻玉，天光映水水连天。
清幽逸境神仙妒，谁洒珍珠铺满川。

齐天乐　重阳节游苏州太湖西山

又逢秋暮重阳到，茱萸插登高眺。丽日晴空，黄花遍地，枫叶霜侵霞照。山欢水笑。浦头起沙禽，雁鸣鸥叫。黛影湖中，览西山最是秋好。　　七十二峰胜景，赏东篱竹菊，丘壑烟罩。载酒登高，襟怀浩气，岁月催人未老，清词雅调。醉了太湖秋，舸津飞棹。遥想当年，运河天子道。

● 贾立夫

水调歌头　浦江秋夜

今夜来江畔，恍若作云仙。十里清波吟唱，水鸟追征帆。远眺明珠璀璨，近仰钟楼伟岸，乐曲响高天。灿灿广场上，对对舞蹁跹。　天渐冷，心热切，月仍圆。寄言旧侣新友，珍惜好华年。不恋花前月下，敢为浪尖海燕，逐梦着先鞭。白首相逢日，倾杯话逝川。

江城子　中环绿廊

中环忽见绿长廊，草幽香，树高昂。十里樱花，无处不芬芳。更有健身红步道，人喜悦，沐春光。

小河三月水汪汪，木桥旁，笛悠扬。绿地中心，群舞正双双。微信飞时天地近，思念梦，寄苍茫。

中环绿廊，位于上海市西南，是拆违后建成的居民休闲娱乐场所。

● 王晓茂

节庆诗会有感

金秋节假临，快意胜甘霖。
斗胆寻诗径，潜心入禅林。
赤乌昭瑞气，皓月传祥心。
香茗清如许，闲悠喜满襟。

大爱中国

古筝悠传暗香来，丹桂金妆胜景魁。
乐茗欢盅诗胆横，国之盛典古稀开。

海

上

诗

潮

● 周士琴

咏 砚

珍砚镌荷赋，荷塘月静虚。
蛙声呼鱼戏，翠盖缔蓬舒。
清水漫池壁，冰轮挂砚居。
银纱风月泻，荷赋自天储。

泉歌咏叹

清山泉眼必藏仙，溪水奔流境万千。
竭石迁延勇跳越，松林回响令叮旋。
人生泉湧长流水，世事迂回故国阡。
一路风尘弥志横，涓流不息汇成渊。

● 贺乃文

鸿沟故址忆游

飒飒叶鸣秋，西风忆旧游。
气随霜露变，事逐岁年遒。
刎颈乌江项，斩蛇芒砀刘。
昔人今已矣，遐永只鸿沟。

茂陵怀古

茂陵览胜久凭阑，遥对秦川发浩叹。
霍卫干戈森意气，君臣事业壮波澜。
中天汉骑功千古，朔漠匈奴黠万端。
汗史煌煌声誉炳，穷师远讨跨征鞍。

闻长沙重修云麓宫

风传灵麓又逢春，仙观重光昔日新。
故土看花终得意，他乡望月总伤神。
只疑华岳陈抟出，更讶函关李耳臻。
借问世间名利客，何如此地就高真。

南乡子　乌镇纪游

古镇日悠悠，桥亘虹霓水自流。青瓦粉墙谁宅
第？清幽，麻石长街往昔留。　　相踵客来稠，逸
韵潇然气致柔。栅别两厢皆邃美，怡眸，试写新词
记此游。

乌镇景区分东栅、西栅，相距 1.5 公里，有车接送。

● 高鸿儒

沪上初夏即景

鸟瞰参差两岸楼，苏州河逐浦江流。
长街十里熏风暖，好景千般访客稠。
里弄于今貌多异，广场朝暮舞无休。
可怜无数低头族，不患高温断网忧。

西江月　立秋

还忆去年此日，凭轩水榭斜阳。人情浇薄话炎
凉，深树蝉鸣响亮。　　薤露无叹晞解，木樨渐吐
芬芳。为言珍摄愿康强，宽慰且消惆怅。

喝火令　秋叶

岂共争春色，唯甘衬景明，亦曾随季自枯荣。
身既降生尘世，无恨不长青。　　肃杀秋为气，何
妨逐落英，但教来去竟同行。纵使今朝，纵使渐凋
零，纵使堕填沟壑，未舍护花情。

莺啼序　感题父亲节

榴花炫同炬火，照门庭如故。行走处，浓荫深深，院墙掩映高树。比邻地，滨江大道，霏霏未歇正梅雨。放眼穷无极，椿庭萱室何处？　　网议呓呓，西方节日，省侍叹分付。寒暑易、廿载时光，缅怀难抑酸楚。训谆谆、道途引领；情切切、悉心呵护。勇担当，身教言传，擎天梁柱。　　劬心劬力，更授一经，胜金银无数。存大爱、及人老幼，乐善好施，济弱扶危，众咸称许。职场英杰，同行钦伏，敬勤依旧犹谦逊，奖誉频，淡定若平素。光宗耀祖，尤幸有父如斯，遗我一生财富。　　光阴易逝，日月如梭，便此身老去，昔教诲、未曾违迕。处世为人，承继家风，踵行步武。儿孙出息，严君应慰，前生善报终须有，更寻思，世外逢超度。心香一炷虔诚，愿达亲听，续延福祚。

● 张冠城

严州忆旧

严州传为东汉高士严子陵建之梅花城，明初雉堞状如半朵梅花，又称建德县，孟浩然有诗咏之。

闻道杭徽路，一城夹二州。
云从三面起，水自百溪流。
沟壑壁千尺，梅花堞半楼。
严陵孟夫子，可许与同游？

秋日咏桂

又闻秋日木犀香，缥缈清芬共菊黄。
除却蟾宫降桂子，便无陇上入诗肠。
三春桃李芳菲苑，一夏风荷莲月塘。
待到繁花开过了，晚来犹有气凌霜。

水调歌头　中秋乡思

天下三分月，最忆是扬州。料知今夜湖畔，袅袅木樨幽。廿四桥心冰魄，玉女吹箫安在？采月小莲舟。堂阁平山顶，欧老足风流。　　运河水，杨柳岸，古湾头。曾经野渡，载得游子思乡愁。浪迹萍踪一剑，蓬转关河万里，霜鬓老貂裘。归去来兮赋，已矣且休休！

● 王怡宁

水　乡

古镇江东诗墨乡，南浔初见自难忘。
小桥绿柳枕溪水，大宅紫藤依苇塘。
五色窗雕观世色，一墙碑刻耀门墙。
悠悠多少前朝事，远客谆谆问驾娘。

梅　雨

满城雨雾罩轻纱，几处池塘鸣伏蛙。
梅果黄娇娱我眼，柳烟青袅入谁家。
渐闻笛里春思远，每盼天边日影斜。
休叹淋漓意烦乱，闲看巷口白兰花。

沁园春　旅游潮

卅载潮兴，亿万人群，恐后竞先。忆昔时艰岁，民无余力；而今盛世，景焕新颜。漫步东都，泛舟北国，瀚海奇峰任去还。回头望，觉时风古雨，尽湿衣冠。　　当年憧憬纷繁。最渴望越飞万里山。愿国强民富，囊余钱款；身轻履健，力足攀援。先赴南疆，再奔西藏，行遍天涯不下鞍。吾何幸，与河山同醉，诗画缠绵。

海

上

诗

潮

● 苏开元

雨中游锦溪

五湖环抱三千载，夕照晨辉锦绣妆。
砖瓦币壶蒐故馆，舟桥亭阁缀渔乡。
谁教玉浪金波滟，我慕人文古迹煌。
桥畔书童写生处，小街闲客雨茫茫。

大龙湫瀑布

雁荡风姿千万重，连云峰上幻无穷。
银龙奔泻百岗下，翠雾浮腾三折中。
喷雪轰雷生霹雳，挂珠缀玉系霓虹。
四方名瀑孰为盛，尤爱大湫山水雄。

黄果树瀑布、黄河壶口瀑布、大龙湫瀑布和黑龙江吊水楼瀑布并称为中国四大瀑布。

● 左长彬

敬老社长胡树民将军

枫林诗社迎国庆诗歌朗诵会上，九十多岁高龄的老社长身着将军服，神采奕奕上台朗诵，敬仰之情油然而生。

碧绿军衣红领章，将星闪闪泛金光。
沙场跃马征千里，枫苑吟诗惊一堂。
血染山河神鬼泣，心怀社稷志情昂。
聆听华皓铿锵诵，满座掌声经久长。

赞小区清洁工夫妇

五更忙碌夜深回，风雨廿年甘苦陪。
有礼香樟齐直立，献歌清啭久徘徊。
乌丝不复华颠老，粗食依然笑口开。
整洁小区红匾挂，一双儿女已成才。

该安徽夫妇在小区工作已二十年，儿女都是大学生。

又赴农家乐

午天雨霁岭蒙纱，小院恭迎摇菊花。
三盏新茶香紫叶，一盘土产脆黄瓜。
漫行竹海已无笋，忽听泉声仍有蛙。
暮色渐浓归鸟闹，远山夕照抹金霞。

紫叶，即当地特产紫笋茶。

● 薛鲁光

芦 苇

沼泽河堤银絮飞，芦根入药咳音低。
铁军出没碧池转，日寇奈何鱼眼迷。
风拂滩涂青蟹壮，雨淋花苇白鸥啼。
喜看海岛披霞彩，近怯悄声惊鸟栖。

西 塘

西塘古镇马头墙，晖映秀桥鱼水徜。
淼淼溪流穿巷尾，森森柏树见沧桑。
采风倩女摆姿势，泼墨俊男描启航。
纵使江山景陶醉，老翁窃喜展华芳。

蝶恋花 父爱

父爱萦怀年月绕。疏影寥寥，叠嶂存英浩。嘀哒键声传捷报，双枪神勇蒙山耀。　　玉骨冰清梅蕊俏。南下匆匆，换职降瘟闹。治水灭螺新换貌，憾遗托梦难眠觉。

1938年日寇侵华，父亲投笔从戎，任山东纵队某部电训班班长，手持双枪灭寇杀奸。解放后参与上海血防工作。

● 刘喜成

立 秋

江南一曲伏三尽，黄浦迎秋夜渐凉。
枫叶飘飞千客醉，青松摇曳百花香。
当歌稻谷吟诗爱，可赏鲫鱼跳水忙。
金菊亮眸田野阔，登楼把酒韵流长。

沁园春　迎国庆题油都大庆

万塔冲天，百里长歌，霓彩似星。忆茫茫雪地，霜凝野帐；堆堆篝火，光耀油城。号角催征，宝书亮眼，走遍松原群兔惊。开心处、让红旗漫卷，牵月携朋。　　龙吟一路豪情，且创业鸿图牵爱行。凭铁军铭史，旗挥九域；春潮存梦，虎跃千兵。绿色长街，高楼拔地，笔点辉煌敢说赢。齐天乐、引清风作序，阔步新程。

永遇乐　咏苏东坡

一代雄才，千秋大笔，九州英物。动地骚音，惊天笔法，豪放词牵阕。争光百载，情高万丈，东去大江谁咽？问天也、黄州蒙难，悲歌一曲当阅。

倡仁行道，酌词炼句，最喜大师情结。典雅三苏，曾经风雨，妙语如春发。短词长调，跌宕好赋，最喜峻嶒辽阔！情怀远、春花秋月，功登史绝。

● 顾士杰

秋 夜

户外鸣虫唱，灯明逸饼香。
九州银月近，独照夜无疆。

说放牛

沧海偏隅一弹州，忽闻牧笛响云楼。

凝眸不识谁牵手，怕是无缘认放牛。

见诗社某人吹某称"大师"，感而发。

● 朱化萌

中秋最良江赏月

暮霭轻笼江面上，婵娟冉冉启天庭。

清辉泻洒长空碧，照耀姚州锦绣程。

金桂重放

时值国庆前夕，窗外桂花再度开放，欣吟小诗一首。

秋风又送桂花香，金粟缠枝绽北窗。

翠叶盎然呈盛气，喜迎佳节意飞扬。

● 李枝厚

为老友题画

挥毫泼墨技无穷，万态千姿在苦功。

壮志不嫌年纪老，挺胸阔步上珠峰。

走不动也要走

能吃能眠走不动，只因腿脉欠流通。

斯时千万莫停步，坚持走动可防凶。

● 胡培愿

黄洋界哨口遗址

山峦起伏映红光，千百军民守井冈。

鱼水交融能战敌，青松不倒胜金刚。

海

上

诗

潮

停云石

万里江河有轶闻，雷鸣电闪落停云。
谁人得遇三生福，自古良田雨馥芬。

雨中寻宾虹故居遇守护者

大雨滂沱且放狂，小溪湍激向西乡。
虬枝树首长风急，谭渡村中一片光。
懋质门前疏积水，修篁池畔拥春芳。
虹庐匾额无时态，庭壁墙头满画廊。
浑厚云山承两宋，华滋草木接玄黄。
相逢语笑出亭院，不觉澄空日已昂。

黄宾虹（1865～1955）祖籍安徽歙县西乡潭渡村，出生于浙江金华。原名懋质，后改名质，字朴存，中年更字宾虹，别署予向，晚年署虹叟、黄山山中人等。

● 周贤彭

秋　韵

蝉消声绝水莲稀，露润木莲花放时。
秋什不愁无伴醉，枫林征雁画中诗。

老同学扬州饭店小聚

沧桑已似水东流，飒爽英姿早染秋。
抚额相怜喑世故，凝眸堪慰尾纹留。
箸夹馥郁能解欲，杯助畅怀可浇愁。
相约龙华寻旧梦，不随八怪到扬州。

● 陆　英

友人小院

篱院玲珑意未凉，铺金叠翠泛秋阳。
柴扉小叩无人应，锦羽啁啾飞入墙。

老来觅诗趣

翻书一页一晶华，秋叶唐风映晚霞。
李白狂吟将进酒，易安闲赋卷帘花。
若无逸兴情难尽，焉得妙章辞自嘉。
明月升空西牖淑，清辉翰墨案边茶。

● 褚钟铭

雨夜听笛

长笛声声淹倦路，车轮能载客愁心。
今将挂念捎明月，莫使离歌空怅音。
一曲天涯游子梦，三春雨露繁花吟。
诗情总是家乡好，泪寄村边柳叶浔。

雨夜听笛子独奏《车站》，感其情深而吟，并献给所有远离故乡的朋友们。

虞城听雨

无根水伴暮云侵，半落青岚半入琴。
谁打芭蕉醒夜寺？我听紫竹洗凡心。
尚湖波起涟漪曲，小阁窗欢淅沥音。
怅梦梅黄初夏里，江南雨巷伞花吟。

常熟虞山一半在城内，市河名"琴河"，其五条支流如五根琴弦随山势流经市内。

寰海清　鹭岛歌远

似水流年。落花飞叶，风送缠绵。谁唱别离路隔？情寄孤弦。看红日西坠，朦胧里，啼远鸶、村柳含烟。　　韶光易逝魂牵。可记得、小城鹭岛歌旋。欢曲椰林，笑语漫步沙滩。蓝天碧浪拥春梦，总难消半世前缘。叹浮生往事，醒南柯、已苍颜。

海

上

诗

潮

● 李学忠

向日葵

坚贞傲立性刚强，头顶金盘玉露香。
任尔暴风和骤雨，丹心一颗永朝阳。

赞上海市花白玉兰

鹭鸶起舞向天讴，海燕纷飞逐浪游。
一片银光堆瑞雪，白莲遥曳树枝头。

中秋夜

朗月喷银吻夜空，秋蝉喜伴蛰鸣虫。
金风拂桂吟天籁，游子思乡梦蝶中。

● 王建民

夜过蝴蝶湾

吾家桥堍苏河畔，月色霓虹照水潺。
风拂草摇蝉唱夏，携来蝴蝶走湾湾。

梦清园

波起清园潮入海，逍遥白鹭歇繁枝。
榭台亲水低眉宇，倒影高楼宋梦追。
宋梦，指梦清园园名源于宋朝赵彦端词句"角簟流冰午梦清"。

● 杨源兴

柳

芳春三月随风舞，映水弄姿堤岸东。
有隔不知新竹翠，无依渺视小桃红。
何如忽到夏时至，便是又临秋日中。
寒暮斜阳带蝉咽，条枝瘦影望长空。

上

海

诗

词

窗前坐看千岛湖

帘卷推窗图画中，平湖千岛只留峰。
浪花水涨金腰带，烟气云翻翠顶松。
就此春华开锦绣，曾经街市化鱼龙。
游人好问从前事，总向新装寻旧踪。

石榴花

小院窗前几树华，绽妍五月石榴花。
枝摇玉蝶双飞彩，水映珊瑚半醉霞。
不借三春风暮远，但凭初夏日朝斜。
真颜姿自何嫌晚，好色之人意有加。

● 张顺兴

残荷吟

欣慰金秋任所之，一池菡萏失花时。
荷衰菊灿作陪衬，退去红装绰约姿。

白腊梅（进退格）

季冬威逼煞凄清，仙蕊琼姿已惯经。
沃雪添妆旧踪掩，芳华破萼冷香凝。
铮铮傲骨迎寒立，奕奕传神品德馨。
自好洁身含气韵，风魂玉魄惹诗灵。

● 王汉田

阮郎归　回故乡

迢迢千里故乡行，难忘养育情。友朋欢聚笑声盈，举杯祝泰宁。　　楼宇耸，路宽平，园中柳拂亭。油菜遍野吐芳馨，林间迁晓莺。

忆少年　叹伤别

无穷思念，无情远去，无端音绝。悲歌伴爱乐，正清明时节。　　已逝韶华双鬓雪，那堪看、骤然长别。南窗伫良久，望瑶台凝噎。

● 束志立

秋　兴

落叶无声秋渐老，南山色彩日鲜妍。
潺潺涧水鱼闲戏，瑟瑟松涛鹤舞翩。
红柿枝头亮硕果，黄花路角笑蓝天。
喜看律转清佳节，漫步芳洲意畅然。

● 钱建新

无　题

回首不堪多少事，患忧心路早衰疲。
情殇初恋毕生憾，爱错终婚顿悟迟。
鳏寡晚年冤忌恨，恩仇来世待相知。
古稀延宕梦虚境，随意笔头吟小诗。

● 刘振华

示表弟外孙女

书包背起黉门上，快乐人生第一桩。
大路通天任尔闯，文章道德熠家邦。

清平乐　微创胆石

水银灯煦，化雨春风数。醉里腾飞云海渡，恰似闲庭信步。　　途穷柳暗花明，朝阳笑脸相迎。天意总怜芳草，人间充满真情。

上海诗词

女兵方阵

英姿徒步排方阵，巾帼挥师演练场。
耀眼杰豪人注目，少将领队是英娘。

旧宅装电梯

谁攥笔锋描旧宿，尘封岁月续春秋。
新梯老宅成双璧，虹影深更照玉楼。

山村夏暮

日落西山谷，炊烟袅坞村。
花溪忙浣女，柳畔浴尘痕。
野陌余晖景，凉风小院门。
归童吹牧笛，垄上奏黄昏。

采莲女

乡野荷池里，村姑采撷忙。
拈花飘馥气，抉藕出淤塘。
白日斜山谷，汗珠沾玉裳。
辛劳人自乐，万户碗中香。

秋　思

霜打寒香瘦，时迁又一秋。
黄粱方未熟，丹桂已飘流。
咏竹歌清雅，画梅吟冷幽。
临窗多剪烛，放眼再登楼。

- 庞 湍

咏 蝉

全身近透明，薄翼似绸轻。
只饮叶边露，长鸣避暑声。

登 山

眼前石径立，谁搭上天梯。
险峻凭君上，顶峰云雾栖。

深 秋

衰柳印秋水，灵鱼吻彩云。
冷清随性适，霜降叶先闻。

- 张亚林

中秋节

玉盘佳节照长空，世上华人心愿同。
微信文传思念意，关怀话语视频中。

美丽秋景

秋高气爽菊花黄，丹桂迎风透鼻香。
树上金蝉寒隐去，空中大雁远归翔。
一轮明月挂天宇，五谷琼浆倒玉觞。
老朽醉诗酬壮志，心头吟唱好时光。

题严子陵钓台

靓丽春江映钓台，夕阳斜照彩云开。
绿林溪水生情趣，长石书碑聚俊才。
城市喧嚣山间去，渔舟唱晚梦中回。
诗文墨迹香千里，骚客慕名鱼贯来。

● 蒋　铃

赞青西郊野公园

青西郊野大莲湖，旖旎风光入画图。
水广浮舟宜赏眺，天高看鸟任飞凫。
修桥筑路园多有，湿地森林沪少无。
美丽乡村更美丽，民心实事众人扶。

重游嘉善西塘

吴根越角旧斜塘，烟雨廊棚韵味长。
绿水悠悠穿港汊，红尘滚滚涌厅堂。
西园雅集浮音像，南社诗词入梦乡。
古镇今成游乐地，世人唯有叹沧桑。

● 姚瑞明

水调歌头　桃源游

畅道玉骢疾，已抵武陵溪。果然山水灵秀，飘
鹭隐黄鹂。穿过桃林月洞，悦目瑶台别墅，修竹凤
来仪。朱漆回廊曲，玉琢碧荷池。　　追梦客，踏
浪尖，获志之。陶潜含笑，炎黄家国起腾飞。强盛
称雄宇内，殷富空前青史，港澳慑威归。不负先贤
志，鼎革里程碑。

"获志之"，即获得了去桃花源的神秘路标。

● 顾守维

浦江夜景

五彩灯光耀眼灵，斯人兴致动诗情。
挥毫一笔诗飞舞，黄浦江上放光明。

● 金苗苓

登栖霞山

栖霞慢步攀，数载未爬山。
千佛无头部，六朝留史篇。
畅观亭不畅，乾帝址非乾。
营建犹营建，变迁复变迁。

栖霞山有千佛岩、乾隆行宫外墙遗址。

常州青果巷

精英辈出流岁月，高楼迭起映秋阳。
一条青果名人巷，最赞楷模周有光。

长相思　重游天平山

天平山，爱恋山，双廿年前牵手攀。情盈峭石
间。　天平山，白头山，今俩慈眉一线天。心连
无缝泉。

天平山下有玉泉。

● 葛贵恒

秋夕偶得

蓼红苇白江水凉，塞雁南飞徙旅忙。
道是篱边菊英好，陶章读罢赏斜阳。

冬游浦江郊野公园

结伴冬游浦江苑，风和日暖景晴明。
华楼崇堡遥相见，异草奇葩数不清。
水静休闲能养性，林深游娱任怡情。
憾哉一日瞻难尽，且付吟笺记此行。

鹧鸪天　写在己亥农民丰收节

又是今年好个秋，仓盈廪实醉心头。锣喧鼓奏争相竞，狮舞人歌乐不休。　　天朗朗，水悠悠，风光禹甸画难收。村村节事今红火，明岁新丰闹更牛。

● 周　健

江汉冬霾

琼楼烟渚上，只见半江桥。
今欲乘黄鹤，何当破九霄。

● 钱　衡

梅　花

银装千里树林瘦，寒逼潮侵芳更幽。
试问冰天和雪地，乾坤万里可风流？

牡　丹

妩媚仙姿锦上花，天香国色众人夸。
洛阳金露千年艳，仲夏堂开百姓家。

桂　花

蕊金万点洒芬芳，簇簇纷纷幽思长。
临夜露风飞入巷，举杯明月两相望。

菊　花

寒冬雪月傲晨霜，夜寂婆娑留晚香。
紧拥枝头泥不入，北风呼啸任其狂。

● 沈志东

浣溪沙　清明

　　风雨未来兀自寒，海棠欲谢菊花残，天涯只在有无间。　　春色昨宵浓似酒，凄凉今日冷如山。谁人憔悴不相关。

临江仙　花殇

　　昨夜雨晴风转暖，推窗怕见春光。为谁辛苦为谁忙？好花容易瘦，留作满园伤。　　流水落红吾独有？缘来缘去无常。只堪梵呗诵清凉。那时罗袜近，宛立水中央。

● 李小锦

水调歌头

戊戌秋过加拿大黄刀镇获观北极光有感

　　寥寂北极夜，荻瑟雪中踌。云沉霜冷霭重，翘首举清眸。忽地风吹雾散，光影凌空起舞，日月竞欢游。姹紫绿黄染，极目仰金秋。　　太阳风，离子雨，北极流。轩辕华夏，叱咤风雪舞旌旒。浩渺银霄寰宇，自有盈虚阳负，谁又主沉浮？逐梦极光远，良晤待驰求。

踏莎行　重渡东瀛赏樱

　　粉面香腮，曙晖锦缀，拥红堆雪霞天蔚。娇柔妩媚孕初妆，盈盈笑语梢头醉。　　迢递光阴，梦牵旖旎，流英舞蝶相思泪。惜芳自有护情郎，春风新蕊重相会。

● 苑　辉

焙茶二首

一

露净清妍出，疏花草色轻。
空山忘岁序，远水问茶名。
野火三生绕，凉风一章清。
何言林上月，馥远任亏盈。

二

冷翠熏炉暖，寒泉转味开。
一壶千载去，半盏寸心来。
日浅山钟远，风停柳叶裁。
花时闲饮地，红泥落青苔。

● 张勇桢

白玉兰

晨雨拂新桐，罗衣隐绣栊。
芳清兰蕊馥，一色一葱茏。

己亥春日读双百嘤鸣集

柳外青山笔纵横，长歌对酒梦春醒。
嘤鸣求得梨花雨，报送东风第一声。

● 马佩琪

己亥春日读双百嘤鸣集

杳杳山峦一涧横，清明四度解狂酲。
嘤鸣百鸟游江上，宛若千骓踏踏声。

海

上

诗

潮

129

新 夏

雨清残蕊绿萱长，夏夜幽窗九里香。
君莫郁愁花着雨，津濡袤广满庭芳。

渔歌子 江南

丝竹柔绵粉雨笼，罗衣轻曼柳扶风，文缎锦，
绿梧桐，唯离久恋梦酣浓。

● 杨卫锋

忆外祖二首

一

秋虫石下几漂萍，夜净穹天半点星。
陌上三更风渐起，声声梧叶忆叮咛。

二

灯浓嬉影满阶庭，识得檐尖北斗星。
梦织千痕终老去，难留一缕到曾经。

浣溪沙 夜感

秋尽翠微又一轮，三分琐事五更门。何如再叩
问阡痕。　　过雨终来云岫客，红笺不写梦中人。
窗前虚竹作昆仑。

● 程筎淇

寻 梅

雪落江南岸，倪公淡墨痕，
独寻梅绛处，画外半边门。

上

海

诗

词

130

如梦令　紫藤

雨打小庐廊柱，帘卷紫藤初露。怯怯不迎眸，为甚掩愁羞伫。千绪，千绪，离客不知归路。

● 葛思恩

重阳登高

十里金秋九月歌，百年风雨几蹉跎。
乘风莫忘愚公梦，指点星河万丈楼。

眼儿媚　秋

梧叶潇潇赋闲愁，微雨钓沙洲。断虹未老，南山先瘦，数叫斑鸠。　　遥思桂子闲亭柳，杯酒吟归舟。西窗秉烛，江楼风袖，一曲凝眸。

海

上

诗

潮

诗苑纳新

● 范方通

谢王老赠书并颂文洛公诗

震泽多名士，王家独领先，
文章扬海内，政绩胜前贤。
陆巷留遗址，杨湾石刻悬。
子孙能继业，世代祖风传。

秀野园晚景

邻寺钟声伴晚风，小园尽在画图中。
夕阳西挂暮云起，柳絮飘来片片红。

春游山塘

春满山塘人似潮，香溪两岸彩旗飘。
桃花雨里衣衫湿，杨柳风中寒意消。
宾客摩肩过道塞，花舟逐浪橹轻摇。
船娘此刻显身手，一曲吴歌透九霄。

● 张保栋

感读张自忠将军赴难昭告书

书昭麾下金刚韵，慨自忠魂报国声。
玉筋应啼离别后，襄河落日更何生。
拟金伐鼓重亲行，汉将军前作斗兵。
虏骑闻之应胆慑，卢沟月色暗还明。

重观开国大典影片步李文庆老师原韵

三军声势贯长空，百姓擎旗织彩虹。
英烈澄澄红色海，邻邦沐沐广场风。
起来一吼堪惊世，翻转千年再称雄。
奴隶打开新道路，主人从此是农工。

八一三淞沪会战罗店遗址
祭拜中国红十字总会第一救护队
抗战殉难烈士纪念碑

黛色碑文新雨里，英魂历历坐苍穹。
白衣天使衣飘静，红十字芯心大红。
古镇幡垂三拜后，清明火举四方中。
阶前粢米新醅酒，塔畔青松能感通。

● 胡果良

贺第十次全国侨代会召开

京城盛会沐金风，海内群贤谏策雄。
五载回眸温伟绩，千胞携手建殊功。
共商国是凝真智，巧布侨家绘彩虹。
更喜英明遵带路，扬帆励志水流东。

"千胞"，千千万万的侨胞；"带路"，一带一路。

贺中国诗词大会圆满收官

诗坛盛会聚群英，国学传承异彩呈。
指点迷宫拈句准，眼观拼画诵联明。
嘉宾解语精求索，领主飞声巧煽情。
巾帼怡航攻擂胜，才华可使易安惊。

怡航，殷怡航，安徽六安19岁法律系女大学生，荣获第一季
中国诗词大会冠军。

红军长征胜利八十周年

七尺身躯为国捐，雪山草地静长眠。
云横党岭还飞泪，马立松潘也哽咽。
驰念英雄伤往事，悲歌壮举慰先贤。
鲜花一束呈心意，祝祷馨香送九泉。

党岭，党岭山，长征路上红军翻越海拔最高的雪山；松潘，松潘草地，沼泽地，号称"死亡陷阱"。

● 赵立礼

寺中白丁香花

佛门净地不粘尘，妙相禅心洁白身。
正果修成花始落，随风飘向有缘人。

梅雪图

飘飘洒洒树桠垂，正是梅花绽放时。
物异相依情缱绻，色同难辨眼迷离。
风摇疏影有声画，絮压枝头无字诗。
都羡幽香香彻骨，苦寒历尽问谁知。

青玉案　风筝

几人能踏青云路，凭借力、长空赴。寂寞重霄谁与度？一行鸿雁，几声鸥鹭，相伴云深处。　　全凭吹捧翩翩舞，变幻无常看无数。自古清风谁可驭，一朝线断，身如飞絮，浪迹天涯去。

● 胡迪权

赞友人书法

宣纸一方游笔锋，长空万里走骊龙。
当惊书法多高手，不信羲之是顶峰。

吟诗词班

白发学生银发师，你吟我诵莫言痴。
秋光未必输春色，老树回青满绿枝。
才艺日增添喜乐，美篇潮涌展丰姿。
弘扬国宝千秋业，潇洒人生一首诗。

沁园春　广场舞赞一代中国大妈

都市街头，劲歌响处，列阵成方。见千人排仗，翩翩凤舞；万般风韵，款款鸾翔。矫健身姿，青春步调，莫问斑斑两鬓霜。豪言道，有少年心态，老又何妨。　　想曾历尽沧桑。叹人世悲欢一一尝。算下乡下岗，茹荼忍怨；炒房炒股，追潮搏浪。家道艰辛，红尘劫难，傲骨铮铮奋力扛！俱往矣，喜国强民富，长享安康。

●李树峰

秋　思

夜雨涨秋池，归期未可期。
丹枫凝白露，月桂展芳枝。
师道恩尤布，同窗忆岂知。
寄情南去雁，江浦送相思。

中秋遣怀

诗到中秋赋广寒，好风伴我倚雕栏。
西楼斜月关山梦，北岭残阳驿路阑。
自古蟾宫无散聚，从来人世有悲欢。
劝君莫负婵娟意，为慰乡愁不解鞍。

江城子　逢端午悼屈原

楚天五月恃风云。忆平君。悼忠魂。汨水低回、似诉世间人。屈子英名传万古，观史册，有奇文。

龙舟如箭浪中分。粽香闻。艾香薰。千载遗风、说与小儿孙。赋得离骚身后事，华夏盛，朗乾坤。

● 付金凤

喜迎进博会

秋日如心炽，诚邀进博开。
一江腾溢彩，四叶搭平台。
宾客似潮至，奇珍纷沓来。
共赢多惠策，前景画中裁。

题落叶

一任秋风信手裁，也曾青影胜花开。
如今化作翩翩蝶，落寞犹期春再来。

鹧鸪天　游小昆山

日影横斜松下风，秋阳寻梦觅英雄。拾阶曲径扶疏木。枫落轻霜满地红。　九峰寺，两书公。草堂二陆墨香中。凭栏凝伫千年事。读史台前缅赤忠。

● 阮望兴

秋　景

萧瑟秋风雁南去，翠青草木始凋黄。
幸然菊绽色香溢，留得寒芳生气昂。

杨柳颂

一树春风万千碧，翩翩起舞尽相欢。
颠狂柳絮晴空乐，笑傲杨花暖日安。
雨洗凉飙枝秀散，霜侵霾雾叶黄残。
冷然凛冽随悠荡，冰雪垂珠何惧寒。

鹧鸪天　观拉雅瀑

雅瀑凌飞远遥望。几疑河汉自天飏。势威山倒吼声乐，腾跃奔驰赛怒泷。　　奇白练，好天江。交叉立体秀奇淙。溅喷水雾飘飘洒，阵阵凉风扑面撞。

● 刘　江

题黄河壶口瀑布

巍耸群山涧，奔腾震耳喧。
滔滔九天泻，浩浩一壶吞。
千里黄河韵，万年华夏魂。
波涛急翻覆，巨浪搅乾坤。

港珠澳大桥开通有感

碧海沧波出奇迹，珠联璧合卧长虹。
人工建岛神来笔，隧道铺陈迅疾风。
九载奋蹄惊宇内，一桥飞架接璇穹。
伶仃自尔无哀叹，华夏巍然光彩崇。

鹧鸪天　参观巴金故居

桐叶飘摇掩小楼。绿茵如毯径通幽。殷殷手稿呈真意，熠熠名篇亮眼眸。　　随想录，几春秋。深情伉俪共偕游。百年风雨翩然过，笔墨书香传世留。

诗

苑

纳

新

● 陈为平

国歌礼赞

江南寒骨池，塞北野荆枝。
李广龙城将，悲歌义勇师。
金戈驱虎豹，铁马筑丰碑。
血肉挽天汉，中华第一诗！

宗祠重建竣工

飞檐翘角隐山中，点翠描金似古宫。
远眺瓯江波浩渺，近闻岩涧水玲珑。
根深叶茂思前辈，鹏展鲲遨慰祖翁。
月夜倚栏望极目，秋风瑟瑟路朦胧。

定西番　观东西方虹桥连接

霏雪停斜阳现。长练艳，彩虹澜。绛霞漫。
霓影轻连西涧。微风转瞬残。慨叹天街多变。暮
云寒。

● 张培连

思　乡

云山雾水远家乡，双泪垂杯和酒香。
群雁高飞碧空尽，低头屈指算重阳。

秋

云淡天高雁列空，景观万类画无穷。
近湖鱼跃浪花白，远岭霜铺枫叶红。
果熟点头迎旅客，稻沉行礼谢田翁。
人人都说春光好，怎比金秋仙境中。

诗酒吟

仙酿千年自杜康，何时吟咏伴琼浆。
古今名句随杯美，中外醇醪和墨香。
酒润诗潮涛滚涌，诗添酒趣意颠狂。
一壶竹叶穿肠过，满腹珠玑将斗量。

● 李桂贤

己亥元宵

年味盈盈上元到，玉盘羞出雨潇潇。
华灯豪溢斑斓彩，别样氤氲春意娇。

登玉龙雪山

久仰玉龙气势宏，蜿蜒起伏景峥嵘。
寒风凛凛扫残絮，白雪皑皑饰美琼。
一股清泉飞峡谷，九环断壁听涛声。
游人云雾时时现，疑是群仙将客迎。

小重山　雪中抒怀

元旦相邀瑞雪来，琼花飞舞妙、白皑皑。疏枝
梅影落香阶，抬眼望，已把绿茵埋。　　杯酒动情
怀，难忘催骏马、黛眉开。同堂三代走天涯，常欢
乐、不似水中鲑。

● 朱育芝

不忘国耻警钟长鸣

不教青锋枉自横，忘狼窥视祸随行。
国羞依感金陵恨，耻辱犹听甲午惊。
警震东波驰铁舰，钟敲南海铸钢城。
长闻虎帐催征马，鸣唤三军夜练兵。

定西番　李广难封

飞将英姿神勇。弓射虎，草惊风，箭穿胸。雄镇阴山关巩，匈奴马步穷。叹血溅封侯梦，泣成空。

● 柏占山

江南水乡

丝丝杨柳绿江边，雨霁云销四月天。
临岸粉墙观去棹，画桥黛瓦问来船。
皆为景色迷人醉，总是氤氲扰客眠。
梦醒美图依旧在，熏风拂面水生烟。

风入松　晚春

春风吹柳拨琴弦。曲荡河湾。丝丝不问离愁远，直摇得、飞絮漫天。独自凭栏长望，白云飘向谁边？

菱花仍照旧钗钿。易老容颜。如烟往事难回首，任由他、泪眼潸潸。陌上几多红雨，林中一只啼鹃。

鹧鸪天　秋思

陌上黄花沁暗香，谁家女子望西窗。岭南夜冷今飘雨，塞外风寒可落霜？　人杳杳，字行行，情丝借笔结成章。只叹疾去南飞雁，难寄相思到北疆。

瀑泉流韵

飞流应在望，入眼一山青。
栖鸟鸣峰险，泛花漱石灵。
堆岚疑梦境，积翠叠云屏。
钟子瑶琴趣，何人隔水听。

枣乡采风归来

告别长辛枣未休，<u>丝丝甜蜜绕心头</u>。
舌尖美味千年誉，掌上玲珑一颗羞。
挥袖还余香淡淡，吟诗但觉醉悠悠。
张郎若在应如我，裁片青红梦里留。

江城子　象山水月

船歌一曲水中听，碧波盈，暮烟青。塔影峰
峦，百丈入空冥。有石江边巍峨立，如神象，抗
天庭。

天庭偷下不须惊，是曾经，为娉婷。醉得三
花，酒比桂花馨。最懂那轮千古月，浮洞外，静
无声。

冬日再见紫薇

婆娑生意尽，剥落造型残。
雪里人犹在，风中泪自弹。
当初飞燕醉，百日合花欢。
感树来年发，时谁不忍看。

雨 花

随风落地织轻纱，炫舞灵光一瞬斜。
过客为寻流水处，无心会意断无花。

题苏州忠王府李秀成塑像

面目全非也入神，忠王捐国未成仁。
艰难故里传家将，变乱天京顾命臣。
误有朝纲亡好事，知无政党败缘因。
万言反悔留秋白，一样多余断此身！

● 张心忻

早 春

新芽堤柳垂丝钓，老树梅花点就红。
此刻春光明媚处，谁人不想借东风。

无 题

所谓人生也比诗，花开花落赋清词。
江山易主风和雨，岁月恒心笔对池。
旧事依然陈旧事，新闻未必崭新姿。
而今可待言中寄，短叹长吟任选之。

浣溪沙 石榴花落

寸步难行弃落英，一花一木别时情，春风不再
舞娉婷。 归时何方寻旧友，再来此处见新生。
红尘飞滚问前程。

诗

苑

纳

新

笔

斑竹品清高，天然雅致毫。
任凭书画秀，艺苑撷英豪。

画　荷

一杆玲珑笔，荷尖连碧天。
芳心移入画，娇色化为仙。

菩萨蛮　火锅聚会

以诗会友临商厦，咏词传唱留佳话。名店曲幽
厅，忘忧写晚情。　　举杯呼老友，痛饮三杯否？
欢乐聚兰亭，年轻梦未醒。

退龄诗社二十余人以"火锅"作同题诗，后诗友在"筑间火
锅"聚会。

游江郎山

车转峰腰竹气清，蜿蜒步道拾阶行。
会仙岩下奇擎试，一线天前伫立惊。
细览遗踪惟壁记，遥观三石犯霄争。
丹霞奇景堪称绝，陵谷沧桑几变更。

李流芳

晚明阉党乱朝政，潜学东林宁陆沉。
湖上泛舟天地画，园中会友雅风吟。
山川草木寻真味，水墨丹青秉素心。
世事隐忧长浩叹，唯留才艺古今钦。

采桑子　鹤望兰

彩舟艳丽升飞鹤，绝美仙姿，翘首遐窥。异地生情花更奇。　　如诗妙语酬心意。如醉如痴，魂梦相思。地久天长永伴随。

● 黄熙源

外滩陈毅市长像

屹立外滩披彩霞，挺身极目望天涯。
胸中飞出诗千首，竞入波涛逐浪花。

金陵樱花

十里樱花一路开，乘风青帝下瑶台。
乌衣巷口疑飘雪，燕子盘旋不敢来。

昭君出塞

汉宫深苑锁娇娘，帝遣和番固北疆。
绝色佳容惊雁落，无边大漠任心伤。
琵琶悲切声催泪，风雪迷蒙路断肠。
此去不知何日返，旌旄掩面独凄凉。

● 李传芬

台湾日月潭游

光华岛立水中间，咫尺双潭并蒂莲。
寒魄波纹浮碧镜，暖阳峰影映丹渊。
群山竞秀人兴废，百舸争流世变迁。
玄奘佛心明日月，望祈两岸大同天。

台湾日月潭南岸青龙山畔的玄奘寺，供奉唐朝高僧玄奘的部分顶骨。

登泰山

驾雾攀登十八盘，仙门南启顿飘然。
山巅碣石探江海，殿内玉皇通地天。
红日初升涵紫翠，银涛浮动涌云烟。
彩霞手捧立东岳，愿撒人间花姹嫣。

望海潮　山东蓬莱阁游

丹崖悬壁，山巅琼阁，蓬莱自古闻名。银浪界天，金涛拍岸，云烟雾霭层生。海市蜃楼呈。远峦幻城处，一片空明。红日东升，黄鱼上跃，钓歌萦。

重溟万里瑶庭。有旌旗闪烁，秦汉巡登。三岛探神，千帆觅药，八仙过海争能。轻驾御风行。望戚公雕像，壮志豪情。今咏澄波妙境，玉宇荡尘清。

● 李积慧

冬　梅

众花畏落始初香，玉瘦澹如溪路旁。
疏影孤标含紫气，清姿细朵点珠光。
犹存傲骨枝头结，不改寒冬雪里妆，
力斡春回期切切，东风更喜报群芳。

大雁塔

雄姿赫赫呈苍古，勉力登临入碧空。
塔势高标瞻圣迹，山光秀色映禅宫。
三千厄运重峦险，六百原经万世功。
独倚栏杆遥望处，阿房遗址沐春风。

望海潮　初夏南浔古镇漫步

江南名镇，杭嘉腹地，缫丝以富桑麻。红叶柳阴，碑廊画阁，青山岸转人家。芳草绕堤沙。暖风竞花染，风月无涯。辑里罗纨，酒筵旌旆，竞繁华。

苏杭织造蝉纱，溯源千载上，富庶堪夸。风递画船，菱歌一曲，梨园旧谱琵琶。闲暇对烹茶，论史知贤达，池岸烟霞。阅世红莲碧叶，迷眼绿丝斜。

● 林 云

江湾村见古戏台有感

戏台古朴江湾见，才子佳人演万回。
若缺徽班宫殿闹，何看京剧艳花开。

年终有感

浦塘入社一春秋，欲学吟哦墨客楼。
头雁带飞羞落队，早莺争啭怕开喉。
人言笨鸟先扇翅，我想勤渔晚返舟。
半案杂书灯影乱，功夫诗外苦寒求。

过火地岛世界最南端邮局

最南信使气如虹，搭建低房木栈中。
红绿贴梁多色币，晨昏倚柜一须翁。
地偏不见游人少，屋小犹看寄品丰。
梦远归鸿无觅处，相思满纸付邮筒。

上
海
诗
词

● 朱裕祥

夏　池

小桥曲影水云中，对岸石榴廊下红。
拂晓池塘幽静处，荷花一朵化清风。

断鸿有约回泊归云

断魂送别在天涯，鸿雁传书带雪花。
有愿翻山离远树，约期涉水到平沙。
回看邑里迎朝日，泊住湖边照晚霞。
归去含情怀往事，云生梦幻忆芳华。

水调歌头　北疆吟

黑水白山冷，辽阔地荒肥。眺望千里冰封，迢递戍边陲。北极寒光羁旅，磨砺芳华年少，惟有梦乡思。晓月绮窗牖，星斗渺难期。　赶春潮，追夏日，盼秋归。重回故地，金风轻拂送朝晖。袅袅炊烟笼下，丘野霜华延垄，悲喜几多回？但愿青山在，秋雁落霞飞。

● 王林根

答史先生问苍山

叶落几多今又秋，流年似水鬓霜头。
躬身田野信陶令，放眼关河学陆游。
百感寄情何问月，千思回棹不归舟。
老翁细品诗中味，莽莽苍山我自悠。

诗

苑

纳

新

山海关

危哉高耸镇幽燕，冰雪寒霜映九天。
海以蛟龙掀巨澜，山因猛虎起苍烟。
秦关明月洒千世，清载铁蹄成一篇。
今日辉煌昔日梦，霓虹重彩紫云旋。

清平乐　同学聚会庆毕业五十周年

少年同学，几载寒窗乐。携手依风苏河约，惊
叹芳华斑驳。　　朝夕云霭霞红，花季活力无穷。
世事沧桑静好，青葱岁月情浓。

● 顾宝兴

惜　莲

昨夜雨风狂，莲花欲折塘，
若无前世念，何以艳还香。

空阶拾得落花声

峭寒翻折柳丝轻，叠雨斜摧午梦惊。
坐对春愁何处取，空阶拾得落花声。

己亥谷雨适园感怀

黄花遍染陌阡田，尖笋披穿舍外边。
零落海棠何处怯，翻阶芍药却生胭。
半园凤尾催樱雪，一带杨梢拂柳烟。
江上鲥鱼聊可慰，暮春欲尽寂寥天。

适园，为作者小园。

皇廷花园酒店

一

春红引客入皇廷，雅室华楼梦不醒。
最爱亭台濒水处，吟诗品酒看飘萍。

二

皇廷碧树有繁花，深寓崇楼景色华。
水榭疏栏听鸟语，回廊醉步话川沙。

行香子　皇廷花园酒店印象

树映崇垣。阁傍芳园。有雄楼，碧瓦朱轩。桃红春陌，柳绿池烟。叹石之奇，亭之美，水之涟。

画舫悠闲，访客流连。诵诗词，把酒筵前。华堂议事，小院凭栏。赞友同聊，花同艳，月同观。

校注古籍有感

引笔西窗夜未央，切琢须启旧书囊。
躬行始见识学浅，披涉方明旨趣详。
君著汗青流韵久，我添丹渥寄思长。
无人赏处多桃李，岁岁花发有暗香。

与师友秋日会于南宁

离聚匆匆又一秋，凤凰台下仰重楼。
昆山玉砺霜天冷，合浦珠凝潜浪遒。
南岭暄薰花似海，邕江澄澈月如钩。
相携书史聆清角，和赋击节伴鹭鸥。

永遇乐　贺上海中医药大学建校六十周年

圜道周行，初逢甲子，曾起阡陌。曲径躬耕，雕石镂玉，历历活人策。青衫览卷，白袷问对，誓续上池一脉。忆莘莘，天涯行遍，归舟再系南泽。

东风无限，榴花照眼，席聚世间嘉客。心慕长桑，神交汉市，壶底藏精魄。山林钟鼎，乾坤流转，谁看血凝成碧。慧然觉，物我两忘，唯医与易。

● 陈天年

述　怀

蹒跚步履似闲悠，霜染须眉装未究。
椽笔方提嘘落日，辞书欲读叹眯眸。
情长掩抑深如浅，梦好零星续亦休。
方外闻传不平事，依然捋臂欲同仇。

忆旧游

曾历青山与沧海，别时何易见何难。
今朝昨日逝流水，故地他乡空倚栏。
云断飞泉三月雨，松生裂罅五更寒。
忽闻江上渔歌起，鸥鹭梦中来共餐。

小三峡

一夜听霖早发舟，春山隐隐鸟声幽。
云深愁失千岩秀，水涨欢听万壑流。
雾锁大江神女梦，溪开小峡美人洲。
峰回浪尽空惆怅，三声猿鸣更添愁。

● 蒋露银

暮　秋

疏枝淡淡掩楼门，宿雨还添泪一痕。
剩绿残红风片里，鸿离雁别怨黄昏。

风

何来身影又无踪，北上玉堂桃柳容。
十月秋高卷茅屋，兰台贵贱说雌雄。

为　诗

十秩时光逝水流，十年意趣化诗收。
黄昏读句寻辞结，拂晓翻书对律究。
云卷云舒说常事，潮升潮退写心忧。
说甚霜雪和风月，尽是人生欢与愁。

● 沈金林

海湾的雾

隐去高楼遮住天，悬浮浓厚锁阡田。
耳闻湾里笛声响，不见水中归捕船。

首声春雷萌情愫

远近回音天地惊，东风蘸水拂山樱。
鸣雷醒蛰长循序，润雨滋芽惯默声。
自古农夫珍沃土，从来学士恋书耕。
春光尽染桑畴艳，缀美人间万卉萌。

沁园春　沧桑巨变

临港蓝湾，夜饮月华，昼沐春光。看海湾百态，群楼栉比；桑乾万变，彰显荣光。巢踞鸳凰，莺歌燕舞，融汇新城百业昌。争娇艳，有五龙汇聚，共建辉煌。　　海湾几度沧桑。令志士仁人斗志昂。忆知青岁月，扬幡屯垦；争晖分秒，呐喊前徉。科创蓝湾，焕然璀璨，满目繁荣映炳煌。奠功绩，建传奇耀世，再铸华璋。

五龙，即海港码头、国际空港、高端智能装备、能网联汽车、高端配件。

● **徐蕊蓉**

游园思

得翠园中走，清风细雨稠。
云舒云卷幻，露散露凝忧。
近对一湖月，遥仰满眼愁。
年华流水逝，转瞬即深秋。

雨　水

雨水绵绵杨柳青，好奇春笋探头迎。
寒梅斗雪雪残退，赢得艳阳天放晴。

卜算子　咏兰

空谷把身藏，二月芳容露。尽管无人问津侬，笑对天涯路。　　弄影自相尊，自在翩跹舞。待到来年冰雪融，照旧幽香吐。

● 王家元

酬蓬莱山人

蓬莱良不远，寻径问山人。
泛酒云生席，餐霞气出尘。
松涛谁厌听，鸥鸟敢疏亲。
放眼沧溟外，沉浮自在身。

登黄鹤楼

难招黄鹤对闲鸥，九派混茫逢杪秋。
尘暗浮云改其白，烟涵叠浪转而柔。
江城回眺沉朝雾，航笛遥闻觅客舟。
风物千年问何似，总教旅魄复添愁。

八声甘州　重游镇江（依钦谱）

又销魂早发渡瓜洲，一襟带烟光。望金焦浮玉，潮吞海日，天际帆樯。塔影直撑碧汉，鸟背薄云翔。飐雪崩涛起，滚滚长江。　　忍问山川无恙？叹东南雄踞，王气迷茫。过危楼旧巷，断岸接斜阳。再会意、楚吴霸业，论废兴、惊倒是孙郎。登临处、尚堪酹酒？老更清狂。

● 许　彻（初中二年级）

惜　时

落寞秋云落雁飞，怆然一去几时归。
若无随欲蹉跎事，何必当今叹物非。

咏 隋

八省运河通古今，舟行南北浪花侵。
杨广本应千秋诵，只恨奢淫绝祭音。

踏莎行　别城厢（拆迁）

　　雨打驱莺，风吹遣鹊，夕阳尽染城厢陌。楼空
花落草哀吟，幽门古巷珠帘落。　　旧日欣欣，今
朝漠漠，登楼望断难当乐。梧桐叶落尽飘零，随心
兀自围城郭。

● **滕思成**（初中三年级）

考后有感

鹏翼自扶抟，凌霄已八年。
沉浮权笔下，成败纵心田。
侠气应未改，故人愿并肩。
莫望神佛现，我命不由天。

南屏晚钟

山鸟几多风几重，幽鸣暂歇绕青峰。
残霞斜洒迎归鹤，落絮微飘拂老松。
胸内悠云还覆雨，掌中长剑已无锋。
不如驻足阑干下，且倚南屏听晚钟。

一剪梅

　　几度滩涂泛钓舟，飘渺仙宫，落日江头。真人
挥笔染孤篷。雨墨山毫，铁画银钩。　　且看山川
墨韵留。意蕴何知，清气难收。鳞波鱼跃便风柔。
渔者悠然，云海繁稠。

三峡大坝

西江回首忆曾经，撩起云头放眼明。
夜雨巴山千载过，朝霞白帝一堤晴。
若非巨壁封流势，哪有狂涛息吼声。
且看满湖春荡漾，千帆竞渡载诗行。

访陋室

粉墙黛瓦几间房，白字铭文熠熠光。
阶上苔痕犹泛绿，案头诗卷尚余香。
何堪两度玄都赋，枉使三迁陋室凉。
多少豪门成野草，长留天地是文章。

古都大同

农耕游牧本无疆，历代图存逐鹿忙。
马上乾坤多野性，汉家岁月铸辉煌。
九龙照壁代王府，七级浮屠善化堂。
漫步城头情不禁，大同岂止有云冈。

登武当山

仙家秘境鄂连湘，君子远来拜武当。
未到山门飞雨细，遥看金顶起云长。
万峰缥缈天无极，三界吐吞道有方。
虚竹几丛掩虚谷，净流微语凝净霜。

题庐山

武当绵雨至匡庐，隐逸青山九月初。
五老连峰和一枕，千秋飞瀑叠三梳。
醪光闪烁流情曲，梦意阑珊续爱书。
万里劫尘能涤净，大苏难辨亦踟蹰。

定风波　咏南海观音山

脉脉香归大士家，潺潺水拜法莲涯。无畏风云观冷热，清澈，南天海月镜飞花。　万里山川皆绣色，无惑，禅心吞吐夕阳斜。护鸽靖波狮子吼，瓶柳，慈悲十力祐中华。

● 施丽丽

江南春　思

风细细，月熙熙。凭窗思远近，多少怨恩移。春秋荣辱随风逝，神淡情浓尚可依。

伤春怨　感

默默轻寒露，阵阵风吹花树。夜月总生愁，忆起当年无数。　往昔何曾去。父母亲慈护。爱恨碎光阴，雪已首，人何处。

夜飞鹊　梦入千重（新韵）

今宵又慵梦，浑入千重。天地海陆凭躬。杂杂喜怒怨忧弄，一如常日峥嵘。相迎客来往，爱欢情愁偷，切切融融。山河万象，任风云，只是迷蒙。
天色渐白霞闪，初醒尚无悉，回味难雍。人世光阴凄戚，虚虚百梦，不是彩虹。赖床转侧，怎堪寻？梦散无踪。忘烟尘来去，芳魂遥寄，躲进诗宫。

● 赵瑞章

樱 花

碧叶凝脂半月开，蝶蜂醉舞自徘徊。
风摇落瓣眯人眼，莫让嫣红落薄埃。

大 暑

暑退闲云万里晴，荷连柳叶绿漪横。
临风六月听蝉噪，帘外蛙声夜彻鸣。

临江仙　初心（新韵）

　　一舸中流担使命，前行不忘初心。红船浪叩梦追勤。东风旗蔽日，南湖柳垂荫。　　七月云涌为党颂，复兴之路弥新。黄梅雨细扰黎民。晴知时已暑，山透笋成林。

● 何海荣

游南浔见旧式送嫁

红妆十里画船摇，锣鼓喧天嫁美娇。
夹岸游人相伴乐，不知落日过山腰。

宜兴奇景

远山塔影风铃荡，九孔长堤卧白龙。
信步拱桥惊胜景，斜阳雨后玉颜浓。

狮吼石

万年修得石玲珑，迁入庭园伴古钟。
民族复兴高声吼，凛然风骨助腾龙。

诗 苑 纳 新

● 吴　弘

浦东大发展

当年轮渡过浦江，今日桥横数十行。
大地容颜堪巨变，申城景色更夸张。
但闻宝马临风骋，且喜琼楼隔岸彰。
勿把魔都等闲看，声声诗句诵辉煌。

山　行

渔唱亭前五彩禽，引吭一曲唤知音。
千岩秀石入清夜，一柱飞泉湿素襟。
草木浮光苔径滑，山川倒影翠塘深。
途中小憩吟诗赋，心静熏香沐梵林。

诗中乐趣

谁说诗词不疗饥，表情达义寸心知。
自娱自乐精神爽，寡欲无愁岁月驰。
妙语连珠谁解意，轻舟逐日莫辞期。
鸿儒谈笑非名利，车马来时未肯移。

● 江菊萍

情寄清秋

千金难觅一知音，慕羡高山曲水浔。
岁月烟霞怀古泪，诗书雨露感时心。
侬微笑语秋风灌，萧瑟清寒雁影沉。
落叶黄花笺上弄，人生百味灞桥吟。

问 月

花枝半展一窗秋，细腻柔情往事悠。
绮梦瑶台新月上，青衫玉树断云愁。
风掀缱绻须谁补，水捲婆娑可自由。
去处不知天外客，相思偏寄柳梢头。

鹧鸪天 桐花

翠柳含烟莺草飞，桐花怒放唱新诗。尘心万里
红尘梦，素蕊千层白素枝。 春色秀，雨声稀。
清溪麦壮绿千畦。销魂问待何寻处，满地幽香彩
凤栖。

云间遗音

【叶元章诗选】

惜春（1939年）

知春无计可攀留，故向枝头觅旧游。
行遍花丛都不见，落红无语水东流。

闲情二首（1942年）

一

不见小乔初嫁身，齿痕泪渍倍伤神。
此生休作拈花想，第一风流最损人。

二

曾记小园啮臂时，花间赋得断肠诗。
狂生自是多情种，何必人前讳太痴。

窗前夹竹桃为狂风吹落（1955年）

昨夜狂飙舞九天，繁星陨落满阶前。
何当重倩东君力，送上枝头再斗妍。

常熟破山寺二首（1956年）

一

黄墙一抹水东西，千叠绿云绕屋低。
定是禅房花木好，流萤竟向竹边啼。

二

曲径通幽草木深，楼台高处有清音。
莲花座下徘徊久，欲共山僧订鹤盟。

金陵杂咏四首（1956 年）

一、玄武湖

朱栏九折绕危亭，十里晴波泛绿萍。
莫道春归无觅处，湖头摇曳万条青。

二、莫愁湖

生小莫愁最可亲，花为肌骨玉为神。
风鬟雾鬓今犹是，忙煞度阡越陌人。

三、隋堤

地因人杰旧知名，一抹青山郭外横。
烟锁隋堤池柳碧，月明故垒夜潮生。

四、白门

白门春色不须寻，山外斜阳竹外莺。
朱雀桥边花气暖，绿杨堤上暮云深。

咏桃花三首（1964 年）

一

溪边竹外一枝新，姹紫嫣红意态真。
叵耐连宵风雨恶，玉消香断不成春。

二

旧是瑶台月下身，脂红粉白洁无尘。
只今憔悴东风里，哭向枝头有几人？

三

梢头占得几分春，啸傲烟霞感世人。
今日花开蜂蝶闹，来朝谁惜陌头尘？

自题四首（1965 年）

一

小学雕虫愧未工，文章憎命古今同。

臣迁获罪相如病，老死孤村陆放翁。

指司马迁、司马相如。

二

曾将彩笔傲公卿，才气纵横薄有名。

落魄江郎饥欲死，儒冠毕竟误平生。

指江淹。

三

行年四十劫何多，破袖遮颜唱挽歌。

流落人间谁得似，卑田院里病元和。

即郑元和，见唐人传奇及元杂剧。

四

平生际遇与谁论，难起汨罗江底魂。

多少禁城驰马客，老来悬首正阳门。

特许紫禁城驰马，是清代对臣下的一种特优待遇。

闻箫二首（1966 年）

一

天外谁吹紫玉箫？钱塘八月涨秋潮。

不知今夜西湖岸，人在苏堤第几桥。

二

楼头呜咽凤凰箫，何日归看大浹潮？

踏遍黄河源上路，风光不及卖鱼桥。

大浹江即甬江，在浙江东部；卖鱼桥，在宁波市西郊。

杂忆三首（1968 年）

一

辜负糟糠结发亲，三年惨别悟前因。
老来归就江南木，岂忍重寻同穴人。

二

无计疗贫敢惜身，沙眠露宿黯风尘。
那堪破镜重圆日，老眼昏花认室人。

三

舔食刀头不顾身，芒鞋踏破草间尘。
艰辛历尽黄粱熟，愁煞北堂倚闾人。

老母死于 1967 年，由于音讯隔绝，当时以为她老人家还活着。

伤时二首（1969 年）

一

千金一死事非艰，愿作鸿毛不羡山。
滚滚长江淘过客，谁留遗迹在人间？

二

一登坛坫步尤艰，煮鹤焚琴指顾间。
摒却俗情挥手去，任他荆棘满人寰。

煮鹤焚琴，喻十年浩劫对中国传统文化的严重破坏。

杭州吊苏曼殊二首（1970 年）

一

银筝檀板八音箫，醉倚樊楼望海潮。
三月清明苏氏墓，纸灰飞过六条桥。

二

芒鞋破钵木红鱼，春雨楼主一丈夫。
记取樱花零落日，白沙堤北里西湖。

樊楼，泛指杭州酒楼。

咏史四首（1978 年）

一、屈原

庙堂多有食言人，铁券犹难视作真。
可叹灵均不知趣，枉将瘦骨逐波臣。

二、孔融杨修

文举风流祖德狂，临池照影赏孤芳。
拼将肝脑涂泥土，不肯摧眉事魏王。

注：孔融字文举，杨修字祖德，均被曹操杀害。

三、曹植

惊才绝艳世无伦，一曲清歌动洛神。
莫怪同根煎太急，由来卧榻不容人。

四、陈子昂

一代骚人陈子昂，才高命短实堪伤。
早知文网严如许，悔不成都去种桑。

重到故家四首（1978 年）

故居在宁波庄市老鹰湾村，有楼屋数椽，已废圮。

一

枯藤老树不栖鸦，寂寞溪桃未吐花。
休怪眼前风景异，故居今已属他家。

二

前无松竹后无花，乱草檐头日影斜。
一别故居三十载，归来误入别人家。

三

飘泊半生偶得归，门庭冷落昔人稀。
多情只有园中棘，犹自牵衣问瘦肥。

四

冷屋黄昏蝙蝠飞，旧时门巷认依稀。
东墙薜荔西墙草，恰似丁郎化鹤归。

借用丁令威化鹤归来故事。

杭州小影二首（1979年）

一

水村山郭柳千条，点染春光无限娇。
一角茅檐杏花影，红妖娆胜绿妖娆。

二

六桥三竺雨如珠，水墨泼成西子湖。
昨夜前溪春水发，满城叫卖细鳞鱼。

杭州天竺，分上天竺、中天竺与下天竺。

山乡偶拾四首（1979年）

一

淡淡青山水墨痕，桃花渡口小渔村。
万条杨柳千竿竹，陌上人家绿锁门。

二

板桥西畔野人家，几户垂杨数点鸦。
黄发阿姑村打扮，鬓边斜插碧桃花。

三

绿杨影里叱牛车，远是丛山近是花。
遥指一湾流水畔，泥墙板屋女儿家。

四

枝头好鸟渐朦胧，日薄明山古寺钟。
晚风吹皱钱湖水，桃花浪比夕阳红。

明山，即四明山；钱湖，指东钱湖，湖在宁波市东郊，乃浙东著名胜地。

咏菊四首（1980 年）

一

销魂最是菊黄时，帘卷西风雁过迟。
长记暗香盈袖夜，半窗花影苦寻诗。

二

篱边一簇傲霜枝，嫩白娇黄绰约姿。
任是旧园花发早，何人重谱冷香词。

乡间故居旧有小园，种菊甚繁，今废。

三

独立寒秋第一枝，铅华洗尽显冰姿。
未知老圃花开日，谁傍东篱读楚辞。

四

鬓边添得几茎丝，那有风情似旧时。
月样精神指指尽，重泉去折菊花枝。

盛夏有怀二首（1980 年）

一

又是瓜香李熟时，难凭幽梦卜归期。
暑来一掬思君泪，洒作浮云落日诗。

二

烦恼皆因情太痴，落花犹恋隔年枝。
江南岂少闲相识，谁寄暮云春树诗。

有题二首（1981 年）

一

万里沧溟一叶舟，水深浪阔任飘游。
弄潮休虑鸥程远，未必海天无尽头。

二

一叶飘浮暗夜舟，风高滩险浪排头。
艄翁夙有凌波术，何惧潜蛟鼓逆流。

水乡七夕五首（1981 年）

一

遥闻织女理裙裾，露白风清七月初。
暑尽江南秋水涨，小船轻网逐鲈鱼。

指织女于七夕渡河与牛郎相会事。

二

紫藤架上纤纤月，青草池头缓缓风。
残暑未消秋尚嫩，鹭鸶飞入藕花丛。

三

不随织女去河东，月落星沉客梦空。
长忆水乡秋好处，一池浓绿采莲蓬。

四

白露横空夜色凉，星河隐约月苍茫。
金风不解离人意，乱曳秋声过北墙。

五

檐下忽闻蟋蟀鸣，流萤数点落衣轻。
痴儿未识秋滋味，兀坐窗前剥紫菱。

高原之夏（1982年）

六月高原莺不啼，黄尘如吼草低迷。
人言日近长安远，今在长安西复西。

西宁距西安一千公里，距兰州二百二十公里。

水乡曲四首（1982年）

一

园桑塘柳绿参差，仿佛王郎画里诗。
新水一江平岸后，埠头忙煞卖鱼儿。

王郎，指清代著名画家四王。

二

菱角荷衣一色新，豆棚瓜架水为邻。
夜深芦竹洲前火，点点相随捕蟹人。

官河一带盛产芦竹，高可过人乃苏北一大财富。

三

入户薰风送藕香，轻挥小扇坐凉床。
紫姜白蒜乌梅酒，脍得银鳞尺许长。

四

白蛤红虾伴酒卮，村头斜挂网千丝。
一湾清水鸬鹚浴，正是鲈鱼逐食时。

扬州六绝句（1983 年）

一

魂逗扬州若许年，重来不觉雪盈颠。
胸中亦有千竿竹，时欲飞腾扫暮烟。

二

年年辜负玉人箫，归梦几回系板桥。
羡煞平山堂上鹤，朝朝看尽广陵潮。

平山堂在扬州外，有鹤冢，欧阳修曾在此宴饮。扬州古称广陵。

三

远村近郭竹萧萧，依旧月明廿四桥。
安得卜居绿杨下，坐观帆影卧听潮。

四

杨柳岸旁古渡头，几丛霜竹碧于油。
长笺短幅临风写，点出江天万里秋。

五

曾是淮东第一州，吹箫人在竹西头。
未能了却诗文债，搜尽痴肠上酒楼。

六

红药桥边碧水流，小盘谷外翠烟浮。
春兰夏石秋冬竹，长伴先生到白头。

小盘谷，乃扬州著名园林；先生，指郑板桥。

登焦山华严阁四首（1983年）

江南诗词学会成立，作者应邀与会

一

一上金焦便有诗，丹枫未老桂花迟。
半生难得周郎顾，自调冰弦自制词。

二

谁舞江南笔一枝，相逢又是菊黄时。
沧桑阅尽真情在，踏遍青山总有诗。

三

歌罢柳枝歌竹枝，庭兰槛菊惹相思。
明年露湿华严树，把酒临江更赋诗。

四

折得庭前细竹枝，和烟带露写清思。
何当蘸取长江水，洒向冰笺化作诗。

清明二首（1983年）

一

蜂围蝶阵闹清明，斗草瘗花儿女情。
嗔煞邻童无赖甚，坟前截得断风筝。

乡间旧俗，清明扫落花而葬之，小儿女并有斗草之戏。

二

风刀霜剑逼清明，屈指流光暗自惊。
离绪恰如原上草，渐行渐远没还生。

偶　题

鬓边华发已多，最怕无风起波。
多少旧时知己，依然泪眼婆娑。

有　感

鬓边华发已多，寂怕无风起波。
多少旧时知己，依然泪眼婆娑。

游伏龙山题咏

郁郁龙山树，萧萧古寺钟。
峰回人不见，惟有野花红。

迎香港回归

故国三千载，熏风百万家。
五星耀南海，华胄遍天涯。

题镇海招宝山海防遗址

海角浮云紫，城头大纛横。
谁将倚天剑，入水制蛟龙。

自　警

荣枯三盏酒，星月半窗明。
噩梦今犹在，前途须慎行。

与诸兄联句

任是天寒岁晚，依然小帽轻衣。
我亦凡间俗子，可容终老仙溪。

流溪河清可见底，两岸绿树繁花景色如画，俨然仙境。

云

间

遗

音

题阿育王寺东塔

飞檐傍山起，渐欲入层霄。
不见虹千尺，惟余玉一条。
劳人何草草，客路总迢迢。
高处频回首，佛香襟上飘。

南　行

秋风载客行，仿佛雁南征。
佳木环山碧，晴丝着袂轻。
诗心穷未改，法眼老还明。
何日同吟席，飞觞醉太平。

谒白云庄怀黄宗羲

鸟语花香日，山庄祭扫同。
白云春礙礙，翠竹玉玲珑。
磊磊明山石，盘盘古墓松。
前贤三不朽，累世沐余风。

白云庄，乃证人书院旧址，黄宗羲曾在此讲学。

谒新昌长诏真君庙

峰前一湾水，伴我吊孤臣。
石柱蟠龙古，苔阶屐印新。
英雄空许国，帷幄不忧民。
却喜尘嚣外，长留者段春。

庙貌甚古，所祀之真君乃北宋抗金名将宗泽。

抗洪英雄颂

九派茫茫水，波澜兴几回。
深沟奔怒马，幽壑逐惊雷。
巨浪排山至，红旗耀眼来。
中流锁蛟客，血荐禹王台。

炎暑自遣

茫茫人海里，碌碌几浮沉。
眼阔恩仇小，位高冤孽深。
秋鸿终未至，恶蚊屡相侵。
毋怪文章手，纷纷辍苦吟。

游金华西岩寺

小饮金华酒，骚人兴自豪。
登山寻佛迹，绕涧听松涛。
梁上栖君子，泥中醉老饕。
世无清净土，何处避尘嚣。

因出席诗词大赛评委会重到清远有赠

湖海行吟客，相逢意倍亲。
丹心曾沥血，白发不欺人。
水阔魂能越，交深语自真。
年年北江上，冠盖往来频。

寿醉菊斋主人

一

脱却征袍后，惟同翰墨亲。
诗文见胸膈，丝竹长精神。
直北金戈冷，江南笛韵清。
醉卧东篱下，晚霞天际明。

二

曾与黄花一处眠，篱头屋角足流连。

青莲居士轻天子，彭泽先生是酒仙。

戎马关山飞碧血，金樽坛板乐余年。

筵开八秩文章会，唤取诗灵到座前。

君晚年爱菊，姓鞠，故额书斋名曰"醉菊"。斋主系中华诗词学会发起人之一，被选为首届理事。曾倡议组织京剧票房并开展演出活动，所居空地遍植菊花，每到秋日，则举办黄花之会。

姚江诗会酬与会诸友好

一

盛会姚江畔，衣冠沐小阳。

有风皆入韵，无句不生香。

花拥龙山碣，人登大雅堂。

心头血犹热，何惧发苍苍。

二

东浙枫丹日，挥毫续旧篇。

桂花香益远，菊瓣句还妍。

人有寒梅格，家无负郭田。

明年菇城会，诗酒且流连。

浙江庆元盛产香菇，行销海内外，称为"菇城"。

闲居偶感

前事匆匆了，空余乱后身。

乌台生白发，暗网织斯民。

栖鸟翎犹健，潜鱼目又瞋。

年来齿牙豁，食粥亦怡神。

小驻乐清法华寺

地与龙华近，心随潭影清。
山风千壑冷，松月半窗明。
花散诸天雨，钟传五戒声。
抽身如可得，于此悟无生。

法华寺乃东南名刹，位于乐清虹桥大嵩山下，浙江省诗词学
会 1999 年会（嵩山诗会）曾在此举行。

江上（拟古）

江上晚风来，诗魂滞何处。
明月傍窗台，依依却无语。
砌下又虫鸣，夜凉声愈苦。
阴晴两不期，愁煞黄昏雨。

江心屿忆谢灵运

一派泱泱水，千回到海陬。
云移孤屿出，浪涌翠螺浮。
生意池塘草，高风鸟雀楼。
谢公有佳句，真气贯东瓯。

谢灵运诗句"池塘生春草，园柳变鸣禽"及"空庭来鸟雀"，
均成于永嘉（今温州），江心屿有谢公亭，今存。

咏引大入秦工程

引得祁连水，清清可濯缨。
玉龙摇尾入，芳草绕坡生。
秦塞人烟密，古原鸡犬鸣。
天工开物候，百代有余馨。

引大通河水入甘肃，乃西北最大的水利工程，投资二十余亿
元。1995 年 9 月，工程指挥部在永登举办采风活动，有多名诗人
参加。

成都杜甫草堂

桥西一草堂，曾阅几风霜。
玉垒浮云幻，花溪入野荒。
感时肠百结，忧国涕双行。
济济门墙外，谁能迈盛唐。

秦皇岛

一

久别秦皇岛，秋来偶一游。
云封九门口，雨洗老龙头。
海气蒸燕塞，涛声入戍楼。
登临纵目处，天地共悠悠。

二

八月长城窟，天凉好个秋。
兵戈频入梦，风雨独登楼。
暂息旌旗影，岂无家国忧。
远来凭吊客，何忍乐优游。

八月下旬，第十七届全国诗词研讨会在此召开。九门口，关隘名，素称"京东首关"。老龙头，在山海关南，乃燕山支脉入海处，有石如龙头。燕塞，湖名，乃著名景点。

秋宵偶作

暗雨敲窗急，小楼枯坐时。
落花千载恨，心事一灯知。
暑尽诗魂冷，愁深蝶梦痴。
夜阑眠未得，何处寄相思。

登龙华塔

浮屠傍山起，上可接云霄。
绿树千嶂暗，青冥一望遥。
中怀常郁郁，客路总迢迢。
细数平生事，惟余酒半瓢。

山海关晚眺

海浒浮云紫，城头落日横。
孤烟飘又直，清角断还鸣。
有胆披鳞甲，无心计死生。
劳劳成底事，吟罢不胜情。

登长城八达岭

长城高绝处，咫尺与云平。
驻足惊吾老，攀崖任客行。
崇楼连海小，骤雨隔山晴。
欲共归鸿语，关河万里情。

中　秋

今夜淞江月，浮游翠岫边。
岂真千里共，谁见十分圆。
细酌吴刚酒，高吟李白篇。
历朝兴废事，不用问婵娟。

书　愤

落日傍孤篷，飘摇西复东。
春归烽火里，人老乱离中。
瓦缶价千倍，诗书劫万重。
不知帷幄内，谁个惜黄钟。

丁丑重九日天一阁雅集

呼朋登杰阁，襟袖暗生凉。

南浦秋潮白，东郊木叶黄。

无诗矫时弊，戒酒负重阳。

演罢霓裳曲，满城脂粉香。

《霓裳曲》，宁波曾举办国际服装节。

自　遣

一

置身尘俗里，时复盼春回。

一抹青当户，几层云作堆。

催诗倾绿醑，弄月步苍苔。

欲共羲皇语，北窗寻梦来。

二

闲坐得佳趣，南楼月半楹。

发飘千丈白，书剩一囊轻。

择友惭求备，修身负独清。

问谁知进退，共此息劳形。

陆通山庄评诗会有作

一

雾锁山庄夜，倚栏迟未眠。

宾朋来旧雨，诗酒傲时贤。

观海云如墨，衡文客似仙。

岂知南岭外，犹有弃耕田。

二

海内真知己，时艰梦亦亲。

诗文见胸膈，斧钺砺风神。

折槛人谁健，登龙术又新。

江山应有待，同步谢公尘。

山庄在广东从化，其地有温泉乃著名景区。朱云折槛，喻一种不畏权势的执着精神。

甬上故交过沪见访

云　间　遗　音

一

把臂翻疑梦，残年见石麟。

共惊青鬓改，弥觉故交亲。

锋镝无穷劫，芷兰未了因。

知君犹健笔，莫惮唱酬频。

二

乞食河湟道，劳劳笔作耕。

背人焚旧稿，低首忏闲情。

衰病依娇女，风霜砺此生。

老犹多结习，把卷眼仍明。

石麟，喻杰出人才。锋镝，泛指极左路线对知识分子的迫害。

岁末寄友人海外

一

故人渺何处，一别又经年。

海域鲸鲵浪，江城雨雪天。

寄书常恐误，交友孰为贤。

怕听阳关曲，醉后抱书眠。

二

俯仰今何世，怜君又远游。
湖山同惜别，霜露更牵愁。
迢递云间雁，飘摇浪里舟。
回看分袂处，不觉湿双眸。

三

欲奏阳关调，离声指上寒。
风云千里会，鹪鸟一枝安。
人远心仍迩，诗成墨未干。
春申江上月，何日比肩看。

丙申雪夜漫笔

雪压冰封黯淡天，严冬孰与斗清妍。
厌闻太乙装琼树，怕见瑶池泻玉棉。
九派寒流浑漠漠，一痕冷月愈纤纤。
银蛇蜡像无心赏，自耸双肩别旧年。

同　题

一

眼倦抛书抱枕眠，隔帘微袅药炉烟。
蕉窗一梦醒来后，半是闲人半是仙。

二

耳聋渐欲断灵根，雨打芭蕉深闭门。
懒向人前痴说梦，何妨酒后自称尊。

三

夜长难见月沉江，偏是诗魔未肯降。
绕室孤吟谁与共，轻雷挟雨乱敲窗。

四

年来笔砚久荒芜，欲写南风眼已枯。
依样几番劳想象，岂知今又画葫芦。

自　勉

新词一曲浪淘沙，难纾胸中万缕麻。
圣代今犹多腐恶，吾曹未可废涂鸦。

晚　眺

登楼偶见暮山苍，山半层林隐夕阳。
一盏新陈论黑白，几行深浅杂青黄。
偷安时世迷残局，历劫琴书守草堂。
谁信老来心似水，每从耳目感沧桑。

浣溪沙　柬乐清诗友社

说赵崇翁续旧因，东南正气入吟旌。呕心沥血
作诗人。　　翰墨生涯风雨袖，名山事业酒三巡。
扬清激浊莫辞频。

赵崇翁，指南宋永嘉四灵之赵师秀、翁卷。

江上四绝

一

天上何处植灵根，四野腥风尽掩门。
孤愤未平人已倦，忍教江上滞诗魂。

二

风来江上人无语，落寞情怀百计非。
时事愈艰诗愈苦，倩谁题句吊斜晖。

三

伫看江月一钩弯，短发临风泪暗潸。
恍似青衫曾湿处，琵琶声在有无间。

四

沉郁年年志未舒，江头踯躅问盈虚。
浊流滚滚深难测，谁唤清风入敝庐。

夜 吟

何来深夜弄箫声，一曲依稀旧日筝。
雨打芭蕉空淅沥，灯前逐句更怀情。

携孙女赏桃花

娉婷豆蔻净如纱，映面桃花艳若霞。
难得浮生闲半日，携孙觅句品新茶。

咏 桃

几株杨柳几株桃，满院花光日影高。
不问今年春去处，书包放下读离骚。

闲题三绝

一

自叹年来百不如，悠悠桑海乱离余。
疏影淡月秋灯影，剩有虫残几卷书。

二

夜深风雨忽成秋，灯影凄凉动旧愁。
说剑鸣琴人去后，十年离恨上心头。

三

灵均香草感沉罗，多少闲愁触眼波。
夜半梦回窗月白，长空似有雁声过。

闲题一律

不买渔竿不买山，蜗居近市失安闲。
品诗味在酸甜外，观史神游天地间。
白眼看人明若火，良言出口绕如环。
倦来偶想窗前卧，一梦乡关去又还。

寿百龄老人王斯琴丈

一

不见诗翁海鹤姿，湖头一别正相思。
岑台契合常如是，气类萧条只自知。
接席曾题春草句，望风长揖岁寒枝。
苍生憔悴文章贱，人欲横流到几时。

二

枯坐高楼不复聊，灵襟悱恻听江潮。
凄凉白傅当年泪，瘦损沈郎旧日腰。
末世文章供覆瓿，故园松柏倚寒瓢。
即今有恨谁敢诉，多少诗魂待共招。

王斯琴，浙江诗坛元老，现寓居杭州。

九州吟草

● **蒋成忠**（江苏）

筷 子

不弃不离同短长，成双冷热共担当。
夫妻但愿犹如我，苦辣酸甜一起尝。

春日西乡即景

步过西乡听鹧鸪，身心旷达即浮屠。
云天一雁难书字，堤柳千丝不钓鲈。
彩蝶得须春爱护，红花必欲叶相扶。
烟霞神岳坤元靓，瞭望瑶池甓社湖。

蝶恋花　七夕

赤日彤云燃广宇，大地曛蒸，人更思情苦。灵
鹊高温皆避暑，搭桥怎肯舒翎羽。　　早盼佳期携
伴侣，可惜遥离，望断天涯路。玉露今宵无觅处，
金风不得临津渡。

● **朱洪滔**（江苏）

看 山

雾里呈奇景，浮藏一阵风。
方知多少趣，本在有无中。

看 水

质地原无色，埋头径向东。
却缘青岭映，始现碧澄中。

看 风

隐身犹自在，无罪即为功。
不是枝摇曳，谁曾见过风。

● 于书英（山东）

定风波　月下梨花行

万蝶流光试羽裳，飘飖回雪动柔肠。总是清欢招羡妒，休护，任凭衣染落花香。　远岸谁人闲弄笛，寥寂。悠然吹彻水风凉。澄映琉璃身冷沁，沉浸。且邀梨月醉飞觞。

朝中措　咏桐花

多情微雨洗桐花，幽馥到天涯。开落全凭心意，淡浓还胜烟霞。　凤栖凰引，琴魂画梦，栽向谁家。最爱一枝暗紫，玉壶冷贮无邪。

鹧鸪天　蔷薇

细雨滴滴夜恼人。晓看绝色恰精神。绯纱欲透流光靥，翠萼犹遮点绛唇。　妍蝶梦，妩莺魂，横斜十里曳霞云。淡香清酒邀仙客，一朵倾心染画痕。

● 王纬华（山东）

秋 叶

洗尽浮尘绿变黄，笑迎风雨阅沧桑。
春生夏长秋云客，修得轮回享和祥。

霜 降

昼日何时享暖阳，暮秋入夜怎堪凉。
生机尽失空寥寞，萧索吞占遍野荒。
百草枝枯寒雨折，千林叶落冷霜殇。
莫为雁去徒惆怅，家雀依然话往常。

游台儿庄运河古城有感

运河故道梦魂长，天下盛誉第一庄。
商铺票号留古韵，民居大院隐沧桑。
石街左右名坊美，水巷纵横老酒香。
夜色撩人光夺目，痴迷沉醉乃何乡。

● 朱四祥（湖北）

缅怀彭德怀元帅

平江立马赤旗挥，湘赣横刀再示威。
华夏烽烟才散尽，朝韩战火又纷飞。
半生苦斗常临死，一世为民岂惧微。
心系国防胸坦荡，青山埋骨盼春归。

缅怀徐向前元帅

求真黄埔著新篇，西讨东征马背眠。
草地茫茫弓箭隐，黄河荡荡豺狼颠。
运筹担架追穷寇，决胜阎军定赵燕。
忧乐常思兴废事，欣观后辈更超前。

缅怀叶剑英元帅

叶红始显秋霜劲，剑亮方知胆气豪。
英勇随孙常逐寇，顽强跟党再挥刀。
一生教化人才涌，两度扶危战绩高。
满目青山歌盛世，吕端谈笑胜刘曹。

上 海 诗 词

访黄侃墓

难能孤诣抉丛残，小学居然极大观。
黄绢初成人遽去，霜风落叶吊儒冠。

周弃子

少小多情赋惜花，惯拈彩笔作雄夸。
缘门托钵徒糊口，泛海依人早失家。
一生负气无轻许，举世怜才有厚加。
爱恋本来凭意气，恩仇从此付流沙。

周弃子（1912～1984）为大冶殷祖人，1949年去台，公推为台湾"首席诗人"。

冬夜听雨

夜阑风雨扫江城，坐拥寒衾听啸声。
自笑中年畏衰飒，每因时事觉凄清。
半生阅世犹馀梦，百计分心可忘情。
幸有诗书堪倚重，何妨珍惜且徐行。

● 李炳娥（吉林）

金 秋

经霜林尽染，异彩映云空。
雁去千山寂，风来一地红。
篱花开野径，稻谷笑弯弓。
最喜丰收季，凭栏醉眼瞳。

品 秋

北雁穿云叠影遥，西风推浪过溪桥。
霜浓染得山川绚，秋韵凝诗送寂寥。

夕 阳

凭栏一望西山落，碧水澄粼映丽空。
莫道黄昏将近暮，余晖映耀满天红。

● 吴宝金（浙江）

醉红妆　咏蔷薇

暖风吹拂小庭东，刺莓苔，别样红。晨阳照映
更冲融，浮香溢，向天穹。　　友人吟句妙无穷，
举醅酒，饮三盅。对景酣然犹试笔，舒醉眼，续
诗钟。

鹧鸪天　夜读

夜半灯前卷帙翻，低声阅读只心专。华章不啻
河阳令，辞赋如同宋玉篇。　　邀五柳，约三贤，情
怀自许九峰山。清风嘱我须期待，莫是相如载酒还。

● 郭军林（四川）

去南充路上

三春未觉迟，更有出门诗。
白屋青螺间，槐花认故知。

偶闻杜鹃声

斜风细雨自悲鸣，往复山头无和声。
趁早何如归去也，他乡不比故乡情。

北川地震十年有感

十载何曾梦境空，重生异地礼相同。
每逢此日羌山望，羊角花开为尔红。

上

海

诗

词

194

别梦溪

支教罗坊学校，临别之际有作。梦溪，罗坊别名。

入梦轻轻别梦轻，依依枕上梦溪声。

一年似梦匆忙过，半辈如溪曲折行。

梦里罗坊溪友乐，溪边学校梦花明。

何时梦醒丰山月，雾锁溪流隔岸晴。

忆梦溪

十年后有忆

罗坊岂是一般般，溪水时常梦里潺。

楼顶家家悬鸭板，地头块块矗淮山。

半洋风物竹林傍，百里诗情心籁环。

课后闲来随意去，近宜散步远宜攀。

支教中登罗坊大丰山

携伴飞升在此间，扶云好上九霄天。

将军岭敢骑身下，好汉坡驯迎眼前。

熊吼连声心有悸，鹰旋极顶意无牵。

罗坊望去如螺小，山外几重家可连。

观
鱼
解
牛

酺作歌吟荡气回

● 胡晓军

　　梅雨连天，潮气遍地，体感极度不适。每年如此。正想着现在如此，老来何堪，忽传来了元章先生归去的消息。

　　就在今年春节，我去叶家拜年。元章先生九八之龄，照样神清气爽，健谈善论，百岁大寿似乎指日可待。谈及上海诗词学会准备为他开研讨会的事，元章先生取笔展纸，用细若绿豆的字开出一批专家名单，又说若经费不足，可减少与会人数和会期，但一定要确保会议质量，尤其是学术含量。我一面听，一面想起他作为中华诗词学会的发起人，至今都写信或致电向学会提建议。作为上海诗词学会的顾问，他也多次写信给我，说各地诗词学会大多重创作轻理论，重活动轻研讨，久而导致思想者匮乏，笔杆子稀缺，空负学会之名，实乃一般诗社而已。上海的情况好一点，也好不到哪里去。元章先生早年研究经济，后在多所院校任教，从事中国古代文学教研，深知理论于实践的重要性，故而强调"唯有狠抓理论创新，方能提高创作质量"。此话尖锐而且反复，不仅戳中了本会的短板，更击中了几乎所有"学会"乃至"协会""联合会"的软肋。原因十分明显，创作活动简便易行且见效快，理论研究艰苦寂寞且历时长。对于结构松散、资源短缺的社团而言，当是趋前者而避后者的了。吊诡的是，没有任何学会避讳"学"的旗号，这种情形，类似对神农架野人的宣传，十分强调

"探索""考察"，目的只为招徕人去旅游，绝非要人参与科学研究。真正的知识分子，不能因环境的限制而丢了理想，因利益的诱惑而失了方向，然而说说容易，做到极难，除了自我的警醒，还需别人的提醒——可惜这样的"别人"不多。元章先生作为老师，自是言无不尽，但那只是职业素养，其后更须天性作为支撑，方能将有话直说保持得恒久。

有话直说是人之初的天性，也是社会之初的状态。文明与非文明的交替、道德和非道德的变换，都会使这种天性和状态趋于消隐，直至缩成冰山一角，大体是没入海中的。在文明和道德社会，有话直说尽管可能令人不快，却也大致安全；但在非文明和非道德社会，岂止不够安全，更是一件极危险的事。若既不愿说假话，也不敢说真话，那么沉默是惯常的选择。但元章先生是不会选择沉默的，何况正值四十二岁的盛年。

那时，元章先生在西宁的一家出版社任编辑。那时，社会上的一大流行便是在各类公共场所大肆书写和张贴"作品"。一日上班，他见众人围观一张社领导作的"七律"，便也凑过去看。看了也就看了，千不合万不合说了句"这不是七律"，不久以极严重的政治罪名被逮捕，一关就是五年。元章先生有"一字一年牢"的诗句，便是此意。听他讲这段往事时，我的心竟也"别"地一跳。因为此类话语，我也曾当众说过，除了这五个字，还有"这不是西江月""那不是满江红"之类。所幸的是至今无人告密，未遭报复。那些"诗人""词家"虽然不喜，却没有一个是掌权的领导，难奈我何。最幸的是，那个人骗人的年代和人害人的社会，已离我们稍远了。

元章先生的旧诗功底，来自庭训。这在百多年前是很普遍的。长期以来，在这个古老的大国里，诗书琴棋是文人的修业而非职业，是文人的底色而非涂色。狱中，元章先生在饱受错愕、愤怒、悲伤和迷惘的煎熬之后，终于定神开悟，居然诗兴大发，幼学在此时成了他明志遣怀、思古喻今、悲天悯人的载体。我以为诗中最富哲思和理趣者，是写历代才子文士一旦近了权贵，岂止不得开心颜，更是难有好下场。反观他自己无意间得罪了权贵，却由此永远地远离了权贵，目下虽惨，却免了将来的更惨和最惨。心中有了诗，笔下有了诗，元章先生几乎实现了灵魂的救赎和精神的升华，于是牢狱的归牢狱，心灵的归心灵；周遭依旧冰冷沉寂，内心已是温润丰泽，荡气回肠了。

这些诗作后来结集成册，取名《九回肠集》。元章先生对我说，这一百几十首是他最好的诗，随着出狱后生活的逐渐平稳，虽也写诗，却再也无法超越前作了。这类情形古今常有，谓之"诗穷而后工"或"困顿出诗人"，概因顺境佳境只能使人开颜歌舞，而逆境困境方能催人呕心倾吐的缘故。

元章先生暮年的一大快事，也因《九回肠集》而起。有位学者读了诗集，专程造访与他深谈，此后出了一本著作，将他与吴昌硕、王国维、陈寅恪诸位大师等而视之。元章先生将此书赠我时，一边表示不敢克当，一边则对书中的论点表示欣赏。我读此书，感觉作者之意实为通过这些文人的旧诗，梳理他们在遭遇身心困厄时所走的相近心路历程，所选的相同表达方式，所寄托的相通人生追求，谓之"独立之思想，自由之精神"。我还发现，这些文人的出身、专业、创作缘起及成就虽然各异，却一概在诗中取法乎上，以诗史上最高成就者如灵均史迁、陶令东坡为圭臬。这是大多数文人能从不同原点走到相同终点，殊途同归的捷径，既是旧诗创作思维使然，更是绵延数千年的传统人文思想使然。

由于众所周知的原因，中国现当代文学史是将旧诗排除在外的。这到底是旧诗的遗憾还是文学史的损失，姑且不论。但正由于鲜为人知的原因，百多年来有大批的得益者和失意者，都将其当做了盛放自己或公开、或秘密的思想情感的容器，使后人足以编出一部融华丽与诡异、坦直与隐晦、理念与趣味于一体，极丰富极宏大的现当代旧诗史，并与既有的现当代文学史相比照和相参照。我以为元章先生的《九回肠集》既有士大夫的高尚气节与情怀，又有现代人的权利意识及诉求，前者偏向独立，后者偏向自由。加上结构精严、思情真挚、文辞到位、风格沉郁，理应在现当代旧诗史中占有一席之地。

那位学者的著作出版于两年前。书中所列八人，元章先生是唯一的健在者。今年，就在这个梅雨季节，元章先生也归去了。我望着窗外漫天的梅雨，心想如此天气，于人自然不适，于学可能最宜，尤其是对编一部中国现当代旧诗史来说，恐怕没有比这种天气更适宜的了。正是——

> 愁肠九曲未堪哀，酝作歌吟荡气回。
> 囹圄五年检旧作，诗词一史问新裁。
> 秉心直语见风骨，倡理启人效竹梅。
> 春尽闻他归去也，目盛梅雨酹千杯。

观

鱼

解

牛

我怎样翻译李白的《月下独酌》

● 黄福海

上

海

诗

词

月下独酌

花间一壶酒，独酌无相亲。
举杯邀明月，对影成三人。
月既不解饮，影徒随我身。
暂伴月将影，行乐须及春。
我歌月徘徊，我舞影零乱。
醒时同交欢，醉后各分散。
永结无情游，相期邈云汉。

Drinking Alone Under the Moon
（tr. in the Shakespearean sonnet form）

Among the flowers，a pot of wine in sight，
I drink alone without a company.
I raise my cup，the bright moon to invite，
And，with my shadow，make a party of three.
The moon，alas！knows not what drinking means，
The shadow moves but with me all the time.
Oh，I'll for now be friend those shades and sheens，
For one must seek his pleasures at his prime.
I sing—the moon does roam across the sky；

I dance—my shadow makes a mess around.
Being sober, our enjoyments multiply,
Being drunk, we part and disengage, unbound.
I promise we'll be good friends free of care
Fore'er amid the Milky Way up there.

　　这首诗，我采用了莎士比亚十四行诗的形式译出，这是李白这首诗迄今为止第一个采用这个形式的译文，是我一时兴起，异想天开的一次有趣的尝试，谈不上有什么理论。但是很偶然地，这首译诗得到了国内许多专家（包括河南大学教授王宝童、上海资深翻译家吴钧陶、汉诗英译家汪榕培、南开大学教授王宏印、四川大学青年学者王峰等）的肯定，也得到美国、爱尔兰、英国、墨西哥、澳大利亚等多位诗人朋友的喜爱。这说明，采用这种严格的格律诗体翻译中国的唐诗或古诗，完全是可行的，而且是有相当多一批英语读者的。

　　当然，促使我用十四行诗的形式翻译李白的《月下独酌》，很大程度上是因为这首诗本身的结构就与十四行诗十分相似。除此之外，我也想通过翻译，将诗中的道家/道教思想突显出来，这是以前的译者较少注意到的。

　　这首诗的开头描写了诗人在花间月下独自饮酒的情景。头两句很平淡，只是点出一个"独"字。但是后面两句比较奇特，明明是一个人，他却偏说有"三人"（诗人、明月、人影；有些注释家认为这里不是人影，而是杯中的月影，不确），这样就将孤独反衬出来了，更显出诗人的孤独。这是第一个四行组。

　　然而，孤独是人世间的一种普遍的情感，俗人的情感，在道家/道教看来是不可取的。于是，诗人从第二个四行诗组开始，笔锋一转说，"月既不解饮"。这句话是承着"三人"而来的，表现出诗人在喜乐之馀的不满。月亮哪里"解饮"，哪里懂得饮酒呢？这一句是在说月亮，也是在说世人。世人也不都懂得饮酒的乐趣，他们也大多不理解饮酒的真谛，何况是月亮呢？而且影子也只知道跟着我的身体移动，没有一点自己的思想。

这一句承前四句，都在讲人世间的情感，这是往下走的，抑之；但是，诗人转而又说，既然如此，不如跟月亮和影子为伴，将就着过吧。于是诗人拈出了道家的"及时行乐"思想，用"行乐须及春"一句来自我安慰，这是往上走的，扬之。这个地方是一大转折。诗人揭示出了超越孤独的另一种情感，这是诗人在描写"孤独"方面与其他诗人不同的地方。这里的"暂"字，虽然是说人生短暂之苦，但同时也有"暂时"之意，即这种人生的苦是短暂的。在这里，一个"来生"的概念已经呼之欲出。诗写到这里，整首诗已经改换一种精神面貌，在起承转合中属于转。

再看第三个四行诗组。"我歌""我舞"都是"行乐"的具体表现，我连用了两个英文中的散句，并用破折号连接，I sing 如何如何，I dance 如何如何，几乎是在模拟原诗中宽松对仗的效果。诗人一会儿歌，一会儿舞，自娱自乐，可以说达到了超然物外的境界。他以行动告诉读者，道就在脚下，道就是当下，道就是饮酒、自娱自乐。但诗人并不完全沉醉于此，他似乎还有一点清醒，于是退后一步，将自己放在客位上，描写喝醉之时与酒醒之后的状态，这些只有清醒的人才会知道。所谓"醉后各分散"，正是道家所谓"相忘于江湖"，是道家的最高境界。我在译诗中一连用了三个词 part，disengage，unbound 来描写这种状态，正是想突出这里的道家思想。

诗写到这里，已经再无可写。于是诗人直白地亮出"无情"两字，按照金性尧先生的解释，"无情"即"忘情"之谓也，也即与道家所谓"天地不仁，以万物为刍狗"的意思相近。河上公注《道德经》第五章说："人能除情欲，节滋味，清五藏，则神明居之矣。"第十一章说："治身者当除情去欲，使五藏空虚，神乃归之也。"无情则与人相处，来去都没有羁绊了。换句话说，如果我们在有生之年不能解脱掉这个身体，难免会行乐而不能忘情；行乐而不能忘情，就不是彻底的解脱，所以要相约于来生。所以我没有把"无情"译成 loveless（Fletcher）或者 inanimate

上　海　诗　词

（Waley），而是译成 free of care。"永结无情游，相期邈云汉"，两句结得有力，结得深刻，正相当于莎士比亚十四行诗的最后一个对句。

从结构上看，这首诗可以说与十四行诗有许多暗合之处。所以，我用莎士比亚十四行诗的形式将它翻译出来，自认为还是比较成功的。这首诗收录于王峰等编著的《唐诗英译集注》（陕西人民出版社，2011 年）一书，诗后附有以上这些文字的概要。

李白这首诗，已经有许多译者翻译过。在唐诗研究者中也有不少人发现了它与西方十四行诗之间的相似性，但在汉诗英译界却一直没有人用英语十四行诗的形式译成英文。我将这首诗用莎士比亚十四行诗的形式翻译出来，主要灵感来源于杨宪益先生的《十四行诗，波斯诗人莪默凯延的鲁拜体与唐诗》一文，其中列出了李白所作的好几首"十四行诗"。杨先生说："从历史年代和地理条件来看，如果我们在唐代诗歌里找到类似十四行诗的体裁，这个假设，即不但欧洲最早的十四行诗是从阿拉伯人方面传到西西里岛的，而且其来源还可远溯到中国，似乎也是可以成立的。"不管杨先生这个假设能否成立，在唐诗里确实有一些诗在结构上与十四行诗十分接近，这是可以肯定的。

另外，许霆、鲁德俊在《十四行体在中国》一书中也称，中国的十四行诗（仅就行数为十四行这一特征而言）在魏晋至唐时已经初具形态。早在两周时期，《诗经》中就有《鄘之柏舟》《桑中》《硕人》等诗，其形式就很接近十四行诗。汉乐府中的《步出夏门行》《艳歌行》（翩翩堂前燕，冬藏夏来见）、"古诗十九首"中的《今日良宴会》《孟冬寒气至》也是。阮籍《咏怀八十二首》中有 12 首十四行诗。唐代有陈子昂的《答洛阳主人》、孟浩然的《湖中旅泊寄阎九司户防》、王昌龄的《行子苦风泊来舟贻潘少府》、高适的《宴韦司户山亭院》等四首、刘长卿《宿怀仁县南湖寄东海荀处士》等三首、陶翰《送朱大出关》、元结《送孟校书往南海》、韦应物《城中卧疾知阎薛二子屡从邑令饮》、孟郊《题从叔述灵岩山壁》、张籍《车遥遥》、储光羲《田家杂兴》等。

在唐代诗人中，李白的十四行诗最多，其诗集中计有46首十四行诗，而《古风五十九首》中即有11首。在李白诗集中，古诗的十四行诗，包括《月下独酌》《下终南山过斛斯山人宿置酒》（这首诗我也采用莎士比亚十四行诗的形式译出，一并刊载于2012年香港银河出版社出版的《当代诗坛》）、《赠别王山人归布山》等。

但是正如许多学者质疑的，这些行数为十四行的诗，并不都具有十四行诗的结构特征。杨宪益先生指出："有人也许认为李白的古风体诗一般都是由若干四行诗组成，其中有些偶然是六行诗组……只是在行数上同西方的十四行诗巧合……但是前面所举各例都是两个四行诗组加上末尾一个六行诗组，至少这可以说明李白的古体诗常常喜欢用这个组合。"最后他说，"如果我们说李白是世界上最早使用［十四行诗］这种诗歌体裁的鼻祖，似乎也不算过分。"杨先生不愧是大家，说话还是很有分寸感的。但是不论如何，作为一种有趣的翻译尝试，将中国的"十四行诗"翻译成英语的十四行诗，长远来看，总还有一些文献上的价值。

地方性古典诗歌赏析的价值取向刍议

以《浦东老诗歌》为例

● 张 坚

以唐诗宋词为代表的中华诗词，是中华民族五千年文明历史孕育出的优秀文化精髓，而古典诗词赏析同样是我国文学遗产的重要组成部分。在灿若星汉的中华艺术瑰宝中，可以说正是得益于诗歌赏析的课程与读本，让古典诗词犹如人生第一口母乳滋养着我们孩时的成长。笔者以为，在传统诗坛日趋复兴与繁荣的当下，为积极与中华诗词学会关于编辑出版《百年诗坛名家文库（各省市自治区卷）》、编写《旧体诗歌发展简史》(中华诗词学会《第二届中华诗人节致海内外诗人书》) 的倡导相呼应，开展地方性古典诗词赏析，围绕体现诗歌书籍的艺术感、文学读本的历史感与乡土教材的亲切感的价值取向，编著相应的书籍，不失为一项积极有益的实践。

诗歌书籍的艺术感

犹记得在翻开《唐诗鉴赏辞典》《宋词鉴赏辞典》《元曲鉴赏辞典》之际，我们正是通过鉴赏而进入诗、词、曲的文学艺术天地。而从地方性古典诗歌赏析的编著来看，蕴含着这样"三个美"的梯度关系：

首先，集成美

中国古典诗歌历史悠久，意蕴悠远，流传千古，其根本原因之一，就是蕴含丰富的美学因素。语言美、节奏美、意境美与情感美，是古典诗歌的共性特点。一本地方性古典诗歌赏析书籍集中了该地方历代作者写于不同年代，属于不同流派，表达不同内容，抒发不同情感的优秀作品，是一种博取与集成之为。作品的征集获取有赖于通过地方志、文化专志、历代文献等有关书籍与有此爱好的地方文化人士的热忱提供等途径，发扬"拿来主义"精神。上海文艺出版社出版的《浦东老诗歌》一书，是由笔者主编的浦东老文化丛书中的第五部书籍（前四部为《浦东老镜头》《浦东老闲话》《浦东老风情》《浦东老字画》），该书以20世纪之前为主要截取时段，共收录58位作者（有5首因作者不详而署名民间诗人）的120首诗（其中41首为地方竹枝词）。由于是着意从浦东的历史长河中选取的地方性优秀古典诗歌作品，因而该书具有集成诗歌之美的特征——在诗歌的共性美中体现了地域特色、题材特色（以叙事与记人为多）、语言特色（竹枝词所体现的民歌色彩）的个性美。

其次，展示美

诚如有诗词学家指出的"在创造与欣赏这一对矛盾统一体中，矛盾的主要方面还在于创作者与作品本身。"纲目是书籍的设计蓝图，是编著的提纲，也是资料收集的向导。因而制定一个比较科学的纲目，可以使诗歌征集做到有的放矢，收到事半功倍的效果。从历代诗歌的赏析（选注）体例方式来看，比较多的有按题材类别编排的，如上海教育出版社出版的《高中古诗文背诵篇目串讲》；有按作者的生卒年份编排的，如上海古籍出版社出版的《近三百年名家词选》。《浦东老诗歌》的编著过程采用初拟纲目予以征集，在完成征集后采用按内容的"横截面"分"江海揽胜""园林踏访""往事构沉""人物思吟""风土杂咏"五大板块，在每一板块间采用"纵向度"按时间先后编选，从而在"横分内容"与"纵列时序"方面体现编排逻辑，为读者提供一个较为清晰的"欣赏路径"。

第三，赏析美

综合古典诗歌的赏析方法大体有如下几类：一者设

"注"，大到为作品创作的背景，小到为一些生僻的字设有"注释"；二者设"析"，遵循"信"（文字准确）、"雅"（富有文采）、"达"（思想透彻）的要求，就诗歌作品的诗意形象、语言表达技巧、作品的思想内容和作者的观点态度进行"赏析"，自然是重点部分；三者设"译"，将古典诗歌翻译成现代白话文的方式，称为"今译"。《浦东老诗歌》在上述三者兼有的同时，还采用志书编纂"志前设概述，章下设章下述"的方法，在每一辑前面配设了导读，依次为：《诗情，鼓涌在涛声浪尖上》《诗意，徜徉在神往驻足间》《诗魂，铸就在往事云烟中》《诗篇，浮现在仰望沉吟时》《诗韵，透逸在乡情风土里》，因而是依次采用导读、注释、今译、赏析而编著的一部书籍，并在书末附有作者小传，这样更有利于读者从各个侧面领略与感受到浦东历代诗歌的魅力。

文学读本的历史感

有诗词赏析专家认为："创作与鉴赏这一对互为对象的美学范畴之间的关系，用一句最简洁的语言来描写，那就是：互相依从，彼此促进"（李元洛《在杰作中寻幽访胜——漫谈诗歌的欣赏》）。赏析类书籍对于读者而言自然是一部有关诗歌的文学读本，从读本的历史感方面观之，地方性古典诗歌的阅读过程紧扣着以下"三个维度"：

一是诗中有史——时间维度

刘勰《文心雕龙》中说："寂然凝虑，思接千载；悄焉动容，视通万里"，意为思绪连接千年，想法看法开阔万里。《诗经》距今已有3000多年的历史，如阅读《诗经》作品及赏析，读者的目光自然会穿越到我国早期的历史长河中。又如唐杜甫《咏怀古迹五首》为大历元年（766年）作者在夔州所写的组诗，阅读该作品及赏析，我们同样会伴随时光隧道回到诗歌记录的那个年代。《浦东老诗歌》选录最早的作者为元代的杨瑀（1285—1361年），其作品为《望海诗》；所选最后一位作者为近人顾佛影（1905—1955年），其作品为《海边踏咏》，前后跨越时间达600多年。

209

盛世修志，欣闻上海市书法家协会正在组织力量编纂上海市书法地方志，不由使笔者联想到，编著地方性诗歌赏析同样兼具"诗性解说"与"史性重温"的双重意义。

二是诗中有物——内容维度

传统上我们将常见的古代诗歌类型分为七种，分别为：送别怀人诗、羁旅思乡诗、边塞征战诗、山水田园诗、咏史怀古诗、咏物言志诗、爱情闺怨诗。上海市特级语文教师余党绪将诗歌按照主题分为生与死，情与怨，功与名，家与国，物与我，穷与达，进与退，今与昔，离与合，悲与喜十类，基本上囊括了一个传统诗人所要面对的生命境遇和所要解决的人生问题。细心的读者会发现，《浦东老诗歌》一书恰是围绕一个"物"字来进行内容的编排：一为"景物"，对应 26 首"江海揽胜"诗与 25 首"园林踏访"诗；二为"事物"，对应 16 首"往事钩沉"诗（将修筑海塘谓为"工事"，抗击倭寇谓为"战事"，英雄打虎谓为"奇事"，开河与放生谓为"善事"）；三为"人物"，对应 17 首"人物思吟"诗；四为"风物"，对应 36 首"风土杂咏"诗。

三是诗中有情——情感维度

抒情是诗歌鉴赏中常见的表现手法，我们知道《楚辞·九歌》中的《湘夫人》记取湘君思念湘夫人，描绘出那种驰神遥望，祈之不来，盼而不见的惆怅心情；汉曹操《短歌行》则表现作者博大的胸怀与远大的志向；晋陶潜《归园田居》叙述作者归隐的原因，描写归隐后的生活、劳动和自然怡得的愉快心情；唐杜甫《登高》全诗通过登高所见秋江景色，倾诉了诗人长年飘泊、老病孤愁的复杂感情。"正如古人所写的：'客舍并州已十霜，归心日夜忆咸阳。无端更渡桑干水，却望并州是故乡'，事实证明，当地方成为一个诗人的精神记忆与乡愁情结后，作品中将会呈现一种天然而内在的地方性"（程一身《诗歌的地方性三题》）。车尔尼雪夫斯基曾经说过："凡是好书，必定会在读者心中唤起对真、善、美的向往，这是一切好书所具有的共性。"同样，读者通过对《浦东老诗歌》中诗歌作品的赏析，会领略到浦东历代诗人们伴随江风海韵的江海情怀，一草一木总关情的主体情致，"往事越千年"中缘事而发的别样情志，思吟先贤先辈时因人添生的特有情愫，以及记咏风土民俗中所体现的真挚情感。

乡土教材的亲切感

《辞海》对"乡土"的解释是："家乡，故乡，亦泛指地方。"地方性诗歌赏析的编著成书，除了作为富有文学色彩的诗歌书籍与供读者阅读的文学读本外，还是一本可以进诗社团体、进文学兴趣课堂、进驻地军营以及可以成为中小学校本课程开发的重要参考书籍，成为开放大学课程的乡土教材。作为乡土教材，地方性诗歌赏析书籍具有如下显而易见的"三亲"之感：

其一、认识作者对象的亲近感

诗是唐朝的一张名片，一个代言。而铸就这一奇迹的是当时无数闪烁苍穹的唐朝诗人们，是他们用智慧和勤奋给我们留下了这么多华丽的诗章。宋王令《庭草》诗曰："独有诗心在，时时一自哦。""诗歌的地方性实质上体现的是诗人的地方性"（程一身《诗歌的地方性三题》），这是因为作者写出地方性首先得把那个地方看成自己的地方，与他具有同苦乐共命运的现实经历，从而写出作者内在的自我，写出作者对地方的塑造。在《浦东老诗歌》的作者中，有生于斯、长于斯者，有生于斯而供职于外埠者，有非生于斯而供职于斯者，另有虽非生于斯、长于斯，也非供职于斯，但为浦东留下诗作者。不管是哪个类别的作者，都会让本土读者或因是浦东题材、或因是"老乡作诗老乡读"而随之产生特有的亲近感。作为乡土教材的功能，其实是在古人与今人之间搭建一座特殊的桥梁，让两者彼此对话。孔子曾说："不学诗，无以教。"编著地方性诗歌赏析书籍，在体现保护和弘扬"地方文化""发展地方性知识"，把地方性知识和乡土文化渗入教材的同时，成为将"文化变迁、文化自觉及生命、文化与教育三者的交互关系在教育上的一种投射"（熊展斌《文化创新与文化自觉》）。

观

鱼

解

牛

其二、知晓今昔变化的亲切感

清代唐彪曾经说过："读书而无评注，即偶能窥其微妙，日后终至茫然，故评注不可以已也。"这说的是一种边阅读边记录随感的方式。考量一座城市或是一个城区的变化，往往用的是由古而今的时间比较法，或者是由此（地）及彼（地）的空间比较法。如按时间比较法来讲解收录于《浦东老诗歌》中明代大学士陆深所作的《自题后乐园》（八首），自然会引导读者（学员）从八首诗所记取的当年浦东陆家嘴的风貌，联想到500多年后繁华的东方明珠塔下的陆家嘴——中国最具影响力的金融中心之一；同样在讲解《浦东老诗歌》中程上选所作的《清溪三十二咏》时，自然会从数百年前的宝山城联想到该地方今天已成为共和国历史上第一个保税区——外高桥保税区，第一个自贸区——上海自由贸易区的试验也率先发轫于此，从而在时序更替，今昔对比中产生一种特有的地域亲切感——如果说地方性诗歌赏析的编著是一个盘点地方自然人文、社会人文与历史人文的过程，那么这一过程便是在让历史的涛声与时代的回响通过诗歌得以交融与接续。朱熹曾提出"诗教说"，作为走进课堂的乡土教材，"一个重要的价值取向是引发学员对乡土的关怀和珍爱，帮助学员获得当地场域中的文化历史等方面的体认，获得乡土文化陶冶，促进乡土认同与文化自信"（郝冰《乡土教材与地方性知识教育》）。

其三、获得精神传递的亲密感

唐白居易《秋池》诗之二曰："闲中得诗境，此境幽难说。"诗歌的意境是作者的心境和感受。诗歌的魅力来自于作者的情感，古罗马诗人、评论家贺拉斯曾指出："你自己先要笑，才能引起别人脸上的笑；同样，你自己要哭，才能在别人的脸上引起哭的反应。"古典诗歌充满着传统的人文精神，如《诗经》中"与子同袍"的爱国思想，屈原《离骚》的忧国忧民情怀，岳飞和陆游诗句中的爱国壮志，文天祥诗句中的民族气节，龚自珍、秋瑾等直抒胸臆、心忧国事的忧患精神等等。诗言志，歌传情。诗歌多寄托志向，抒发感情，诗歌中有着热烈的感情传递。同样，《浦东老诗歌》中的"乡土"不仅拥有宜人的自然风光，而且洋溢着浦东先辈在改造自然、战胜外寇与建设家园方面所表现出来的崇高气节与可贵品德，因而该书承载着由先辈高远的理想追求和深沉的家国情怀蕴含成的浓厚的文化气息。"天意君须会，人间要好诗"，乡土教材作为一种文化产品和文化载体，其本身就具有明显的以文化人、以文育人、以文培元的功能，发挥着用博大精深的古典诗歌作品来满足当代人的文化需求，滋养当代人的精神世界的积极效应。

习近平总书记曾在中央党校发表的重要讲话中强调指出："学史可以看成败、鉴得失、知兴替；学诗可以情飞扬、志高昂、人灵秀；学伦理可以知廉耻、懂荣辱、辨是非。"我国是一个诗的国度，有说艺术越是民族的便越是世界的，同样越是地方性的古典诗歌便越是中华诗国的诗歌。在传统古典诗歌得以大力复兴和繁荣的当下，编著地方性古典诗歌赏析书籍实为积极营造具有"诗脉"特征的地方性诗歌生态，进而着眼于弘扬优秀传统文化，开展富有地方特色文化建设的一件实事与大事。《浦东老诗歌》一书将通过新增 30 首诗歌及赏析，并附《浅谈浦东竹枝词的记咏特征与存史价值》一文，经修订后以《浦东记忆（诗歌卷）》的书名，纳入浦东记忆文化丛书予以再版。愿诗词研究者、文化工作者与广大的文学爱好者为种植和建造具有乡土意义上的诗歌园林而共同努力。

观

鱼

解

牛

图书在版编目（CIP）数据

上海诗词．2019．第 2 卷：总第 20 卷／上海诗词学
会编．-- 上海：上海三联书店，2020.3
ISBN 978-7-5426-6978-0

Ⅰ.① 上… Ⅱ.① 上… Ⅲ.① 诗词 – 作品集 – 中国 –
当代 Ⅳ.① I227

中国版本图书馆 CIP 数据核字（2020）第 024077 号

上海诗词

名誉主编／褚水敖
主　　编／胡晓军
编　　者／上海诗词学会

责任编辑／方　舟
特约审读／周大成
装帧设计／鼎　右
监　　制／姚　军
责任校对／张大伟
校　　对／莲　子
统　　筹／7312·舟父图书传媒工作室

出版发行／上海三联书店
（200030）中国上海市漕溪北路 331 号 A 座 6 楼
邮购电话／021-22895540
印　　刷／上海肖华印务有限公司

版　　次／2020 年 3 月第 1 版
印　　次／2020 年 3 月第 1 次印刷
开　　本／787×1092　1/16
字　　数／250 千字
印　　张／14
书　　号／ISBN 978-7-5426-6978-0/ I·1605
定　　价／36 .00 元

敬启读者，如发现有书有印装质量问题，请与印刷厂联系 021-66012351